文芸社セレクション

そしてこの心地よい風に吹かれ続けて

唯冬　和比郎
ITO Kazuhiro

文芸社

そしてこの心地よい風に吹かれ続けて

雲ひとつない弥生の空はどこまでも青かった。早朝の空気は頬に冷たいけれども、もはや確実に冬のそれではない。

僕がここにくる時は、大抵、天気に恵まれる——不思議なことに。

下町にあるこの寺の小さな門をくぐって境内に足を踏み入れるとき、自分が墓参りの正しい作法を知らない——そしてそれを尊重しようとも思っていない——ことに微かな後ろめたさを覚える。僕の実家ではそもそも墓参りをするなどという習慣がなかったわけだし、最初の頃こそは少しばかり気になってウェブで調べてはみたものの、そこで語られている諸々の宗教的お作法といったものに僕は意味を見出すことができなかった。どうせ一人きりの墓参りだ、好きにやらせてもらうということでいいじゃないか。そう自分を納得させて久しい。

仏教的には故人の誕生日に墓参りをするのは慣習としては正しくない、とか。クソくらえってんだ。

この十二年の間、僕は欠かさずに年に二回、ここに足を運んでいる。あの子の誕生日と、そして命日に。

おそらく彼女もまた、それらの日にここに来ているだろう。いや、彼女はもっと足繁く訪れているに違いない。ここには彼女の姉さん——僕の会ったことのない——も眠っているわけだし。

本堂の脇を抜け、砂利を踏みしめながら奥へと進む。見慣れた墓地の風景が広がる。大小の墓石が両側に並ぶ小道を進み、比較的古く立派さを感じさせる一つの墓の前で僕は足を止める。そこに僕の娘がいる——短かったけれども僕らに完璧なる幸せな人生をもたらした我が子。僕の天使。

僕は腰をかがめ、持参した小さな花束をそっと墓前に置く。

目を閉じる。あの子のことを想う。

生きていれば今日で十三歳。どんな娘になったろう。僕はありありとその姿を思い浮かべることができる。それは彼女に似ているようでもあるし、僕に似ているようでもある。中学生の娘は父親とどんな会話をしたろうか——。

しばしの時が過ぎ、体が冷えてきた感覚に襲われ僕は目を開けた。

僕の置いた花束だけが足元でポツンと色彩を放っている。おそらく午後には彼女がここに来て、そこに別な花束を添えるだろう。あるいは墓石に備え付けの花立てにそれを飾るかもしれない。

誕生日には僕が先に墓参りし、命日はその逆、というパターンが定着している。僕が彼女と鉢合わせしないようにしているため、そのような形になった。彼女と会いたくないわけではけっしてない。むしろ逆だ。けれども彼女が僕と顔を合わせたくないと考えているのがわかっている以上、僕としてはそれを尊重せざるを得ない。

あれから十二年か――。次の命日が十三回忌ということになる。仏教的に十三回忌はひとつの区切りとされているらしいが、それもクソくらえだ。だが僕にもどこかでは区切りをつけなくてはならないという思いはある。もう何年も前からそう考えつつ、ずるずると同じことを繰り返しているのが現状ではあるのだが。結局のところ、僕はこれからもここを訪れ続けるだろう、完璧だった親子三人の思い出に縋るために。

帰りがけに僕は境内の隅に置かれた灰皿の脇で一服する。少しかじかむ手で箱から取り出した一本にライターで火をつける。

まだ冷たい午前の空気の中に煙を吐き出した。

「あれ、お父さんはタバコを吸うの？　昔は吸わなかったのに」

そんなセリフが唐突に頭に浮かんだ。十三になった想像上の我が子からの質問だ。

そうさ。その物語を聞くかい？

お父さんとお母さんが出会って、別れるまでの話だ――。

1

その春、お父さんは大学を卒業し、小さなソフトウェア会社に就職したんだ。世間的には就職氷河期は続いていて、僕のような私大の文学部卒の男性にとっては厳しい就活ではあったんだけど、ＩＴバブルという神風のおかげでなんとか収まるとこに収まった形だな。中学の時に親父のお下がりのパソコンで、少しだけプログラミングを齧っていたのも面接の際のアピール材料として役立った。そのパソコンはエプソンのＰＣ９８互換機というやつでハードディスクもない代物だったのだが。もちろんウィンドウズなんかじゃなく、フロッピーからＢＡＳＩＣが立ち上がるだけのやつ。

僕らが入社した年は、ウチの会社がそれまでの中途採用オンリーだった人員計画から新卒採用メインに大きくシフトした年だった。ちなみにその方針は翌年のＩＴバブル崩壊により再び見直されることになる。新卒を大量に採用（といってもわずか二十人程度だが）したのは僕らの年とその翌年だけで、その後は新卒採用数は十分の一程度に縮小され中途採用が中心となった。

ま、当時は翌年にバブルが崩壊するなどとは誰も思っていない（不思議なことに）

し、会社はイケイケで、初めての新卒採用ということもあって僕らは手厚く育成された。いろいろと人事的なサポートがあった。特に新人同士の横のつながりを強くしようという試みがなされていて、そのうちのひとつは新人の飲み会に補助金を出すというものだった。詳しくは覚えていないが、とにかく新人が皆で飲むなら相当の割合を会社が費用負担する、という制度があった。

　必然の結果として頻繁に飲み会が開催されることとなった。

　僕ら同期は男女比でいうとわずかに男性のほうが多い。世間一般からすれば女性率はかなり高いほうだ。そして女性陣にはとてもかわいい娘(こ)が多かった。採用担当者はルックスで選んだというのがもっぱらの噂だった。飲み会の出席率が高かったのはそのせいもあるだろう。男性陣の間では彼女らに彼氏がいるのかどうかに大きな関心が寄せられ、なにかとそれ関連の情報が話のネタとなっていたし、僕自身にも二、三人ほど気になる娘がいた。けれども、アクティブに動いているヤツらの動きを一歩引いたところで眺めている、というのがその頃の僕だった。かわいい娘にはどうせもう彼氏がいるに違いない、というのが僕の推測だった。

　あれは何度目の飲み会の時だったか。

　その頃にはもう新人同士の気心もかなり知れてきたというか、少なくとももう最初の頃の硬さみたいなのはなくなっていて、全体に和気あいあいとした雰囲気になっていた。けどそれはあくまで総体としてみたときの話であって、個人レベルでみれば、まだ話をしてない相手とか、顔と名前が一致していない相手とかも、少なからずいたはずだ。

　飲み会は終盤に差し掛かっていた。場はいつも通り賑やかに進行していた。僕の気になっている娘の正面の席に座っていた奴がトイレに立ったのを見て、僕は自分のグラスと箸を持ってそこの席に移動したんだ（なお、これは当時の我々の間では普通に認められていた行為だ）。その時の会場は座敷で、僕らは掘りごたつ式のテーブルの並びの三つを占拠していた。

　僕がそのテーブルに移動したことで、そこにいた六人の間で乾杯が行われた。すでに皆まちまちなものを飲んでいる。僕はビール一辺倒な人間なので、そこで持参のグラスを飲み干し、斜め前に座っていた開発部の斎藤(さいとう)が空いたグラスにビールを注いでくれた。真ん前の彼女にそれをしようとするそぶりのなかったことが少し残念だった。

　右隣に座っていたのはまだ話をしたことのない女性だった――先回りして言ってしまうが、このひとが後に君のお母さんとなる人物なんだな――話をしたことがないというか、それまでその女性の存在に気をとめたことがなかった。言われてみれば、あぁ、いたね、そういう人が、という感じかな。

　とにかく僕としては真ん前の彼女しか眼中にない。とはいえそんな態度を露骨に出すという選択肢もないわけで、僕はそのテーブルで交わされている会話に溶け込むことを選んだ。僕は自分から話すのは得意ではないのだが、会話に加わるのは割と上手いんだ。その場の雰囲気なんかをうまく摑んでいい感じに合いの手を入れたり、流れに沿って次の話題を提供したりとか。

すぐに場は盛り上がりを見せた。

そのうちに話題は、誰がどこに住んでいるか、という割と定番のネタになった。

「篠原くんはどこ住んでるの？」

目の前の彼女が訊いた。やった、僕に少しは関心があるんだ、と内心のささやかな喜びを隠しつつ僕は答えた。

「あ、オレ？　オレは溝の口だよ」

彼女はどうやら溝の口というのがどこなのかわからない、って顔つきだったので、僕がさらに説明を続けようとした時に、それまであまり喋らなかった右隣の娘が口を開いた。

「へえ、じゃあ、ご近所さんね」

僕はその娘のほうを向いた。えーと、こいつ、なんて名前だっけ。記憶のどこを探ってもその名が出てこない自信があった。そのとき斎藤が口を挟んだ。

「山下さんはどこなの？」

「私は用賀」

こいつは山下という名前だったのか――。しかし、確かに溝の口と用賀は田園都市線で四駅の距離だから広い首都圏の中では近所と言えなくもないが、片や世田谷区の高級住宅街、こちらは川崎市でそのローカルさ加減が漫画のネタになるくらいの街である。

「お、同期で田園都市線の人に初めて会った。他にはいないのかな」僕は言った。

「私も初めて」

そう返す彼女を僕は何気ない感じに――その実、まじまじと――眺めた。何ていうか、顔の造形そのものは整っているんだけど、かわいいとか美人という形容とはちょっとズレていて、なんだかどこを見ているのかわからない感じの人、という印象を受けた。

その話題はすぐに流れ、別な話を皆が口々に喋り出した。その頃の僕らの飲み会は賑やかさが命みたいなところがあったから、とにかく話を盛り上げることに皆が必死のようにも見えた。そうしていないとなにかが露呈してしまうということを無意識のうちに理解していたのだろうな。

飲み会はお開きの時間となった。

皆が帰り支度を始め、気の早いヤツが立ち上がり始めている時になって、僕は右隣の彼女の異常に気付いた。

俯いたまま動かない――飲みすぎたのか？

「山下さん――、どうかしたの」

僕はそう声をかけた。

彼女は反応しない。ただ肩が少し揺れていた。泣いているようにも見えた。

すぐに女性陣数名がこの状況に気付いて彼女を取り囲み、僕はそれにはじき出される形となった。

――まあ、女性同士に任せておけばいいだろ。

僕はそう考え、その場を離れた。のろのろと店を出る連中の後ろについて外に出た。

皆、二次会へと流れるつもりなのだろう、まだ新しいスーツ姿の集団が店の外でたむろする形となっていた。すぐに僕もその中の一員となって、ぼおっと突っ立っていた経理部の杉山(すぎやま)をつかまえて世間話に持ち込んだ。こういうとき割と皆、同じ部署同士で固まる傾向があるので、僕のように同じ部署に自分以外の新人がいない連中は孤立しがちだ。新人のほとんどは営業か開発部門の所属だった。ちなみに僕はカスタマーサポート部である。

ここでなかなか次の動きがなかった。いつもは飲み会を仕切っている営業の太田(おおた)という奴が二次会の場所を決め、皆、ぞろぞろとついていく流れなのだが。

時間は九時をすぎた頃だろう。繁華街は賑わいの真っ只中だ。十数人が路上にたむろしていると結構、通行人の迷惑でもある。僕はこの状況が続いていることに少し苛つきを覚え始めていたけれども、まあ、だからといって皆に少し端に寄るように声をかけるなどということをするような気概もなく、そのまま杉山と話を続けていた。しばらくして後ろから「おい、達也」と声がかかった。振り向かずとも声の主が太田であることはわかった。僕のことを下の名で呼び捨てにするのはそいつだけだからだ——何故か最初に会った時からそうなんだよな。

「お前、山下さんと帰る方向、一緒なんだってな。悪いんだけどさ、彼女送ってってくんねえか。どうも気分が悪いらしくてさ、ひとりで帰らすにはいかなそうなんだよ」

太田は僕が振り向き終えるのを待たずに一気にそう喋った。彼の後方には数名の女性陣がいて、期待に満ちた目で僕を見ていた。

「うん、いいけど」

僕はそう答えた。うん、別に構わない。どうしても二次会に出たいというわけでもないし——。

「じゃ、頼むわ」太田は言った。

そんなわけで僕は彼女を送っていくことになった。

「ごめんね、篠原くん」

そう言ったのは飯田さんだ——彼女も僕の気になっている娘のひとりだったりする。飯田さんと、それから内田さんが両側から山下の腕を取ってその体を支えていた。

「全然、大丈夫」

僕は飯田さんに向けて言った。ここぞとばかりにいいところを見せようと。

「それじゃ、行こうか」

続けて山下のほうを向いてそう言うと、彼女は俯き加減のままに頷いた。さっき店の中で見た時よりも確かに顔色が悪そうに見えたが、街灯の色のせいかも知れなかった。

飯田さんはカバンを二つ肩に提げていて、そのうちのひとつを肩から下ろす動作をした。それは山下のカバンだと察した。

「持つよ」

僕は手を出した。飯田さんはにっこりして「ありがとう、よろしくね」と言った。まあ、その笑顔をもらえただけでも彼女を送るに十分値する。

皆とはそこで別れる形となった。幸い、メトロの駅はさほど遠くないし、乗ってしまえば田園都市線直通なので乗り換える必要はない。僕らは並んでゆっくり歩いた。さすがに彼女の腕を取ったり肩を支えたりするってのは憚られたので、歩調を合わすだけである。

夜の繁華街の看板やネオンサイン――。ゆっくり歩いているせいで普段は気にとめないようなものがいろいろと目に入ってくる。なぜだかすべてがよそよそしい光を放っているように見えた。

僕は隣の彼女に声をかけた。

「吐きそうだったら、すぐに言って」

山下はチラと僕のほうを見て、目だけで「大丈夫」と返してきた。気分は悪そうだ。

僕らは駅に着き、電車に乗った。そこそこには混んでいる。ほとんどの乗客は会社員の格好だ、そしていつものごとく疲れている。僕は先に乗り込み、空いているつり革を見つけ、そこに彼女をつかまらせた。僕自身は混雑のためそのすぐ後ろに立つ以外にない。

彼女はつり革につかまって頭をだらんと下げる格好になった。肩まである彼女のストレートの髪が全部、前方に流れた。僕は男性の平均よりかは少し背が高めなので、女性としては平均程度の背丈と思われる彼女を後ろから見下ろす形となった。普段は髪で隠れているだろう彼女のうなじとブラウスの襟が丸見えの状態となっていた。なんていうか、彼女のうなじは全然セクシーじゃなかった――いや、ま、年頃の男性としてはどうしてもそういう見方をしてしまうわけで――僕はそれを眺めながら、んー、セクシーなうなじとそうでないものとの間にはいったいどういう違いがあるのだろうか、とか考えを巡らしていた。考えたところでわからなかったけど。

電車は進み、車内の混雑はさらに酷くなったが、彼女に圧がかからないように僕は後ろで踏ん張った。幸いなことに僕が体力を使い果たす前に混雑は緩和した。駒沢大学駅でようやく彼女の隣のつり革が空き、僕はそこにつかまった。そこまで彼女は一貫して同じ姿勢のままだった。ようやく僕はひと息ついた。

そこから二駅、電車は用賀駅に近づき、減速しはじめた。

僕が声をかけるタイミングを見計らっていると、彼女は自ら頭を上げた。意識はちゃんとしていたようだ。

「大丈夫？」

僕は声をかけた。彼女はこちらを見ずに頷いた。

電車が止まり、僕は先にホームに降りた。そこで後に続く彼女を待ち、先に歩かせた。僕はこういう混雑の中で並んで歩くのは他の人の迷惑になるので好きではないんだな。見る限り彼女は割と普通に歩いていた。もう復調しているのかもしれない。エスカレータですぐ後ろにつきながら、もしかしたらこのあたりで彼女は、もうあとはひとりで帰れるから大丈夫、と僕を追い返すのではないかと考えて慎重に様子をうかがったが（つまり僕のほうではそれならすぐにカバンを渡してサヨナラするつもりだったのだけど）、そんなこともなく彼女は改札を抜けた。僕は後に続いた。改札正面は左右に分かれていて、そこで彼女は後ろを歩く僕に進む方向を示すために右側を指差しながらそちらに折れたので、まだ僕を解放するつもりはないということが知れた。

そこから僕らはさらにエスカレータに乗り、地上に出た。そこでようやく僕は彼女の横に進み出て、こう声をかけた。

「家は遠いの？　なんならタクシーで行こうか？」

彼女の視線が僕に向いた。僕の提案について考えているようだ。

「んー、でも、外の空気のほうがいいから。歩いて十分もかからないし」

そう彼女は小さな声で答えた。

「あ、そう」

まあ、気持ちが悪い時にタクシーに乗りたくないってのは理解できるし、車の中で吐かれる可能性も考えれば歩くほうが無難ではある。僕は頷いた。

「ゆっくりでいいよ。途中で休みたくなったら休んでいいし。僕は全然急がないから、山下さんのペースで歩いて」

僕がそう言うと、彼女は「ん、ごめんね」と答えた。

駅を出たところでは周りに人がいっぱい歩いていたのだが、彼女の進んだ道が表通りでなかったせいか、すぐに周囲からは人通りが絶えた。駅近辺の数軒の店舗の前を抜けると、もう路上は外灯のぼんやりとした明かりに照らされるばかりとなった。遠いところから耳に届いてくる大量の車の走る音は環状八号線からだろう。あるいは東名高速道からのも混じっているのかも知れない。夜の静けさのせいでそれらの音がよく聞こえた。

　住宅街の中の道を彼女は何も言わずに歩いた。ゆっくりだけどペースは一定だった。途中で前方から車が一台すれ違った以外は僕らの他に動くものを見かけなかった。

　進むにつれ周囲の家の一軒一軒のサイズが大きくなっていくのがわかった。僕なんかには一生縁のなさそうな雰囲気。このあたりに住んでいるのだとしたら彼女はかなり裕福な家庭に恵まれているということになるだろう。もしかしたらウチみたいな会社で働くことがちゃんちゃらおかしいと彼女の親は見なしていたりするかも、などとしょうもない考えを巡らしているうちにようやく彼女が口を開いた。

「あそこが私のウチ」

　そう言って彼女が指差すほうに僕は目を向けたが、暗いせいでどの家を彼女が指差しているのかわからなかった。でも聞き返しはしない。どの建物がそれなのかはどうせすぐにわかることだ。

　周囲は静まり返っていて、環八の騒音がもはや微かに聞こえるだけだった。

しばらく進んで、彼女は足を止めた。

「ここ」

それは確かに周囲の他の家と同様、邸宅と呼ぶにふさわしい建物だった。特に派手さのないシンプルな印象だが、夜なので把握しにくいけども広さはかなりありそうだった――少なくとも僕の感覚からすれば。

門扉を前にして僕は彼女のカバンを肩から下ろした。彼女は手を出してそれを受け取った。

「ありがとう、送ってくれて」

僕は頷いてみせた。

彼女も頷き返した。

「とりあえず大丈夫そうで良かった」

門扉を開けて彼女は中へと入った。僕はその場で彼女を見守った。ここまで来たのだから、無事に玄関に入るまでは見届けておこうと思った。

玄関の前で彼女は僕のほうを振り返り、はにかんだような笑みを見せ、小さく手を振った。そのとき初めて僕は彼女のことを、ちょっとかわいいかも、と思ったんだ。

僕は片手を上げて彼女に応えた。

ドアの閉まる音を聞いて、僕はもとの道を引き返し始めた。けどすぐに、「君、ちょっと！」という男性の声に引き止められることとなった。僕は振り向いた。

さっき彼女が通り抜けた門扉から男性が半身を出してこちらを見ていた。僕は立ち止まって男のほうに向き直った。男が山下の父親であろうことは容易に推察できた——彼女を送り届けた礼でも言うつもりなのか、ひょっとしてお茶でも飲んでけって話かなと僕は思った。

男は門扉の外に出てきた。なので僕も二、三歩、彼のほうへと引き返した。

「彩香の会社の人？」

男は言った。彩香というのはおそらく山下の名前だろう。彼女の名字が山下であることさえ、つい二、三時間前に知った僕が彼女の下の名など知る由もなかったが、状況的にそうだろうと判断した。

「そうです」

すると男はさらに僕のほうに数歩、寄ってきた。二メートルくらいの間を置いて僕と男が対峙する形となった。

男は背が低く、僕はやや見下ろす形だ。中年太りで全体的に丸まっちく、暗い路地にあってもそれとわかるほど頭頂が薄かった。

「君、困るんだよねぇ、年端も行かぬ娘をこんな遅くにまで連れ回して酒なんて飲ましちゃあ。なにかあったらどうするつもりなんだね」

いきなりの詰問口調で男は言った。僕は困惑する。

「え……、いや、だから、こうして家まで送り届けたじゃないですか」

だが男の耳に僕の言葉は届いていないようだった。

「こんなことが続くようなら、正式に会社に抗議するからな！　あんたのお仲間にもよく言っとけ!!」

男は人差し指を何度か僕に突き付けながらそう続けた。暗くてその表情がよく見えなかったのは幸いだったかもしれない。

まだそんな遅いというほどの時間でもないし、年端も行かぬったってアンタの娘はもう社会人だろ——当然、僕はそう言い返したかったが、適切な言葉に変換できなかった。それに男は自分が言いたいことだけ言うと、すぐに踵を返して門扉の奥に姿を消してしまった。

僕だけがその場に取り残された、人気がなく暗く静かな路上に。その時になってようやく怒りのようなものが心の中に込み上げてきたが、もはやどこにもそれを発散することはできなかった。

飲み会は金曜日だったので僕が次に彼女と顔を合わせたのは三日後のことだ。その時にはもう、行き場のなかった怒りは僕の中では処理がされていた。行きずりの犬に噛まれたようなものだ、という形で。

彼女とは会社の廊下――昼休みに皆が食事に向かう際のわりかし混雑した――ですれ違っただけだが、そのときに彼女は僕に向けて「ごめんね」と言いたそうな表情で小さく頷いてみせたので、僕も「気にするな」というつもりで頷き返した。他の社員らもいたのでそれ以上のやりとりはなかった。けど、僕としてはそれで完結した感があった。

そして実際、それからしばらくの間、僕と彼女の間にはなんの接触もなかった。別にお互いに避けていたりというわけでもなく、単になにもなかっただけである。飲み会でも近くの席になることはなかった。いや、彼女がその後、飲み会に参加していたかどうかさえ僕は覚えていない。

*

「なぁんだ、お父さんとお母さんはひと目で恋に落ちました、って話じゃないんだ。それにタバコの話なんて出てこないじゃん」

まあ、あわてるな。このお話にはまだまだ長い続きがあるんだよ――。

2

夏の休暇を利用して同期の連中で二泊三日のキャンプに行くという催しが開かれたのだが、僕は参加できなかった。カスタマーサポート窓口業務のローテーション上、どうしてもスケジュールが合わなかったのだ。子持ちで共働きの先輩方の休暇の都合が優先された。一番の下っ端の僕としては我慢するしかあるまい。この盆休みは、デッドラインまで残り半年を切った西暦二〇〇〇年問題対応のための様々なシステムリプレースが各顧客企業において山場を迎えていて、サポート窓口でも完全に臨戦態勢を整えておく必要があった――フタを開けてみれば、大した量の問い合わせは来なかったのだが。

キャンプでは二組ものカップルが生まれたそうである。しかもそのうちのひと組の女性は飯田さんだ。ため息しかない。まあ、仮に僕がキャンプに参加していたところでなにかが変わったりはしなかったろうが。

他にもいろいろとウソかホントかわからないような噂話を聞かされた。誰かが誰かに告白してフラれた、だとか。

そういうこともあって、徐々に新卒全員が会しての飲みは開きづらい状況になった、ということらしい。飲み会自体は開催されるのだけど、部署単位だとか、女子限定だとかの少人数参加型の会にシフトしていった。

僕は声をかけられれば飲み会には参加していたが、なんとなく中核から外れたポジションに自分がいるのは感じていた。入社して半年もすると、仕事ができるヤツ・できないヤツ、上司の覚えめでたいヤツもいれば反抗的と目されているヤツもいる、そんな感じにいろいろと個々人の違いが明確になってきたりして、少なくとも当初の無邪気に皆仲間と思える空気はなくなっていた。まあ、そりゃそうだよな、と思う。

なんにせよ、皆それぞれに社会人、というか、会社人になっていったわけだ。

秋も深まってきたある日のことだ。僕はサポート業務で顧客から受けた質問について調査をしていて、開発部の同期である斎藤に助けを乞うた。会社（ウチ）の製品についてのドキュメントに記述が矛盾している点があり、実際は何が正しいのかを製品のソースコードを見て確認してもらったりしたのだ。

その関係で斎藤の席で話をしているうちに昼時になった。必然、そのまま一緒に昼飯を食いに行こうという流れになる。僕らは会社の近くの蕎麦屋に行き、腰を落ち着けた。

「実は、ひとつ、相談というか、頼みがある」

二人がけのテーブルを挟んで向かい合った形で、唐突に斎藤が言った。

「いや、頼みというよりか、お誘いというべきか」

「なんだよ、それ」

「業務上の話じゃないんだけど――」

いつも斎藤の話はまわりくどい。そういうところが開発者っぽいといえば開発者っぽいのだが。

「同期の山下さんっているじゃん」

「おう」僕は頷く――その名が僕の脳味噌の不揮発メモリに刻み込まれたのはまさにこの斎藤のあの飲み会でのひとことによるのだが、そんなこと当人は認識していまい。

「実は奈緒美は社内では一番、山下さんと仲が良い」

奈緒美というのは同期の一人である内田奈緒美さんのことだが、斎藤が呼び捨てにすることからも明らかなように、斎藤と彼女は我々の間では公認のカップルである。

「へえ」

たいして興味があるわけではないが、一応、僕は関心のあるような反応を示した。それが人付き合いというものであろう。

「奈緒美によれば、このところ山下さんはとても落ち込んでいるらしい」

「ふーん、なんで？」

「なんかいろいろあるらしいのだが、正確なところは奈緒美にもわからないそうだ」

「はあ」

いったい斎藤は何が言いたいのか、と、僕は訝り始める。

「そこでだ。落ち込みの理由はともあれ、山下さんを元気付けてあげようじゃないかという話が持ち上がった」

「なるほど」

内田さんはいい人だな、と僕は思ったけど、いちいち口には出さない。

「今度の週末にディズニーランドに連れてってあげようじゃないか、と」

「ふむ」

――それがお誘いの内容か。

「でも、俺と奈緒美と山下さんの三人、ってのも微妙じゃん？　山下さんのほうが気を遣っちゃいそうだし、それじゃあ本末転倒だし」

「で、みんなで行こうよ、ってわけね」

斎藤はそこで一瞬、間を取った。

「いや、それも考えたんだけど、それだと同期全員に声をかけざるを得ないじゃん？形としてはさ。でも、そうすっと、少なく見積もっても十人程度は参加することになるでしょ。そうなると今度はその集団の中で山下さんは孤立してしまうんじゃないかと奈緒美は言うわけ。それじゃ意味ないでしょ、と」

「ま、それはそうかもね」

「でだ、彼女が言うには、俺と奈緒美、それと山下さんと、男をもうひとり加えた四人でダブル・デートっぽくしたいのだと」

「……」

「そういうわけよ」

どういうわけだ。

「篠原に白羽の矢が立った」

笑いながら斎藤は言った。もしかしたらシャレのつもりかも知れないが、違うかもしれない。「シノハラ」に「シラハノヤ」――いや、勘ぐりすぎか。

僕は自分の顔を指差して、少し首を傾げるようにして無言で問うた。

「そういうこと」

斎藤は頷いた。

「まあ、別にいいっちゃいいけど……」

僕はそう口にした。特に断る理由が思い浮かばなかった。

「そうか、じゃあ、決まりだ」

「……でも、なんでオレ？」

訊いてみずにはいられない。

「んー、まあ、ほら、篠原は山下さんと家も近いだろ……、山下さんを家まで送ってった実績があるわけじゃん。まったく相性が不明の相手に比べれば地雷を踏む可能性が格段に少ない。それに……、なんつうの？　結構、他の誰に声をかけるにしてもカドが立つわけよ、俺の立ち位置からすると。佐伯（さえき）に声かけたら杉山が『なんで俺には声かけねえの』って言いそうだし、寺内（てらうち）にかければ高橋（たかはし）が怒るかも、とかさ」

　まあ、確かに……。わからない話でもない、他のやつだとカドが立つという件は。でも地雷ってどういうことよ。

「ほら、篠原は飄々としてるから、安心感もあるし」

　それは褒め言葉なのか、それとも貶されているのか――。

「助かるわ……、ホント」

　斎藤が心底安心したような顔つきをするのを見て、逆に僕はここで少し不安を感じるべきなのかもしれないと思わないでもなかったが、たとえ僕が地雷を踏むことになろうが被害を被るのは自分じゃないし、どうでもよい。基本的にはなんでも他人事なんだ、僕にとっては。そういうところが飄々としていると評される由縁なのかもしれないな。

TDL（ディズニーランド）に行くこととなった土曜日は快晴に恵まれた。

約束の時間に間に合うようウェブの乗換案内で事前に調べておき、目論見通りに僕は待ち合わせの場所に到着した——舞浜駅の改札。どうやら僕が一番に着いたようだ。ほどなくして山下がやってきた。白いブルゾンにブルージーンズという格好である。カジュアルの彼女を見るのはもちろん初めてだ。あんな高級住宅街に住んでいるわりにはごく普通の格好だな、と僕は思った。

彼女は僕を見つけて片手を挙げた。僕も軽く片手でそれに応えた。タイミングからしておそらく彼女は僕と同じ電車に乗っていたのだと思われた。降りてからトイレにでも寄っていたのだろう。

「天気良くてよかったね」

開口一番に彼女はそう言った。言葉を交わすのが数ヶ月ぶりということをまったく意識していないかの口ぶりである。そもそも彼女には一体どういう経緯で僕がこの場に参加することになったと伝わっているのであろうか。斎藤と仲がいいから、とかか。別に特段ヤツとすごく仲が良いわけではないのだが（悪くもないけど）、場合によっちゃ仲良しを演出する必要があるのかもな——。

「そうだな」

僕は同意した。

続いて沈黙。やばい、なんか話すネタ――。

「ここまでどうやって来たん?」

僕は思いつきで尋ねた。

「どう、って……。ああ、乗り継ぎのこと? っとね、大手町まで行って……、丸ノ内線に乗り換えて一駅行って、東京駅から京葉線」

「あ、そうなんだ……。そのほうが早いのかな。オレは永田町で有楽町線に乗り換えて、新木場から京葉線」

そのほうが早いのか、などと口にはしたが、乗換案内で調べた僕の経路のほうが早いに決まっている。

「えっ、そんな手があるの。知らなかった。私はいつも東京駅からだもの」

さほど感心した様子でもなく彼女はそう返した。むしろ東京駅を経由しないのは邪道とまで言わんばかりの口ぶりにも感じられた。

「ふーん。でも東京駅から京葉線に乗るにしても、永田町で有楽町線に乗り換えて有楽町駅から歩いたほうが実は近いんだぜ。東京駅で別の路線から京葉線に乗り換えようとすると、すんごい歩くだろ」

就活中に会得した知識を得意げに僕はひけらかした。

「へえ……。まあ、確かにずいぶん歩かされるけど……」

歩く距離が短いからどうだと言うの？　とでも考えていそうな口ぶりだった。あるいは会話の主導権を取られるのが彼女は嫌なのかもしれない。軌道修正が必要だ、と僕は思った。どう会話を続けたものか。少なくとも次の電車まで斎藤らは来ないだろうし……。

そんな思案をしているうちに、彼女のほうが口を開いた。

「篠原くんはよく来るの？　ディズニーランド」

「えっ」

よく来るわけなどない。

「いや、たぶん……、これが三回目かな。高校の時と、大学の時に、それぞれ一回ずつ来た」

「デート？」

半分冗談交じりの調子で彼女はそう訊いてくる。

「いや違うよ。集団で」

即座に否定。別にムキになる必要はないのだが。

「ふーん……、子供の頃に連れてきてもらったりしなかったんだ」

「それはないなあ。だって近場に遊園もランドもあったし」

向ヶ丘遊園とよみうりランドのことだ。どちらも川崎市北部にある大きな遊園地

（正確にはよみうりランドは川崎市と稲城市にまたがっているが）だ。

「ランド？」

「よみうりランドだよ。オレの地元ではランドといえばよみうりランド。山下さんのとこじゃ、そう呼ばないの？」

「え、どうかな――言わないんじゃない？」

「多摩川をちょっと越えただけでそんな変わるか？」

「もう少し小田急寄りのほうに行けば言うのかも知れないけど、私のまわりじゃ聞かない気がする」

　会話がいいテンポになってきた。

「あんまし行かないんだ、ランドには」

　僕は軽い感じに訊く。

「そうねえ……、もちろん行ったことはあるけど。でも、どうせならＴＤＬ（こっち）に来ない？　人によるか」

　彼女はそこでひと呼吸おいた。

「あと、ちっちゃな頃は、よくフタコに連れてってもらったな」

　ああ、二子玉川園のことか……。あったな、そんなのが。

「ニコタマの遊園地か。それはオレもよく行った、幼稚園の頃。いつの間にかなくなったな」

「そうね。私が小二か小三くらいの時かな、閉園したのは。確かにその頃にはもう、あそこにはあんまり行ってなかった」

「駅名は今も『二子玉川園』なのにな」

そこから話題は二子玉川園の跡地にできたワンダーエッグや、いぬたま・ねこたまに及んだ。彼女はねこたまにいるオスの三毛猫がお気に入りだそうである。遺伝子上、三毛の猫は必ずメスなのだが、一万分の一の確率でオスが産まれることがある、と。オスの三毛猫はＸＸＹの遺伝子を持っているので性的には不具なのだ——そんな知識を彼女は語った。意外にも彼女は話し始めると止まらない感じだ。もっとおとなしい人なのかと思っていたが。僕は犬猫には興味はなかったが、感心したフリで彼女の話を聞いていた。

そうこうしているうちに斎藤と内田さんがやって来た。

僕らはぞろぞろとディズニーランドへ向かった。人はたくさんいた。僕らはそこで、いろいろなアトラクションに乗ったり、チュロスやらポップコーンを食べたり、土産物屋をハシゴしたりして一日を過ごした。実際にはアトラクションの待ち行列に並んでいる時間が最も長かったかも知れないが、その間も四人でたわいない会話を交わしているだけで十分に楽しかった。そう、僕らはディズニーランドでの休日を楽しんだのだ。ついでに言えば、おそらく誰一人としてこの四人の組み合わせでここにいることに対して疑問を感じていなかった。ぜんぜん不自然な感じはなかった。

それから、山下が落ち込んでいるのをなんとかしたい、というのがそもそもの趣旨だったわけだが、彼女にそんな様子は少しもなかった——夜になるまでは。

問題が起きたのは、ライトアップされたシンデレラ城の背後に打ち上がる花火を見物していた時のことだ。

僕らは大勢の見物客の中にいた。前列に山下と内田さん、その背後に斎藤と僕がいる形である。

気付くと、山下が俯いた状態になっていた——あの飲み会の終わった時と同じように。内田さんが心配そうに山下の肩を抱いてその顔を覗き込むようになっていた。彼女らはなにかを口にしていたようだが、なんと言っているかまでは背後にいる僕には聞き取ることができなかった。

その時の僕はもうすっかりこの日の趣旨など忘れていたので、山下のコンタクトにゴミでも入ったのかな、などと受け止めていた——彼女がコンタクトをしているのかどうかも知らなかったわけだけども。

内田さんが山下の肩を抱えたままその場を離れていくので、斎藤と僕もそれに続いた。

人混みを離れて、内田さんと山下は植え込みの縁のところに腰掛けた。僕らは彼女らから少し離れたところで手持ち無沙汰に待つ形となった。

「どうしたのかな」

僕は口にしたが、斎藤は、んー、と唸っただけで、なにも言わなかった。

さほど時間のかかることなく、彼女らは僕らのところに戻ってきた。もう内田さんは山下の肩を抱いてはいなかったし、二人ともごく普通の状態のように見えた。ただ山下の目が赤くなっていたのは外灯の明かりでわかった。やはりコンタクトにゴミが入っただけなのか、あるいは泣いていたのか――。わからないけれども、誰もそのことに触れないので僕も同じようにした。

僕らは最後にもう一軒だけ土産物屋に寄った。斎藤は内田さんになにかを買ってあげていたようだが、僕はなにも買わなかった。山下も眺めるだけで特になにも買わなかったようである。それから僕らは帰宅の途に就いた。

派手に印刷されたディズニーの土産袋を抱えた多くの帰宅客らと一緒に僕らは電車に揺られた。車中、内田さんと山下は楽しかった一日を振り返るようにずっと感想を喋り合って、斎藤と僕は頷きながらそれを聞いた。

東京駅に降り、僕らは長いコンコースを歩いた。東京駅本体のほうまで来て、斎藤と内田さんは東海道線に乗り換えるとのことでそこで別れた。

山下と僕は並んで歩いた。

今朝僕が彼女に告げた話に従えば、もっと手前で斎藤らと別れて地上に出て有楽町駅に向かったほうが早かったわけであるが、彼女はもうそんな話を覚えてはいないようだったし、ここまで来てしまったからにはもうどちらを行くのが最短なのか僕にもわからない。彼女が進むほうに僕もついていく形である。丸ノ内線の改札に向かった。さっきまでとは一転して言葉少なに僕らは歩いた。

もう周囲にカラフルな土産物袋を持つ人はいない。通路には人影も少なく、奇妙に明るい地下道が続くばかり。僕は急に現実に引き戻されたような気がしていた。

丸ノ内線でひと駅を移動し、大手町駅のわかりにくい通路に迷いながらも、僕らは半蔵門線に乗り換えた。

電車はガラガラだった。

七人掛けの座席にゆったりと僕らは座った。彼女が端っこで、その隣に僕。彼女と僕の間に微妙に距離が置かれた。

「ね、前から篠原くんに訊きたかったことがあるんだけど」

動き出した電車の中で、唐突に彼女はそう言いだした。

「ん、なにかな。なんでも訊いてよ」

僕は彼女のほうに顔を少し向けるようにしてそう返した。

「前さ、私をウチまで送ってくれたことがあったじゃない。あのとき、お父さんに何か言われたの？」

「ああ……」

そのことか。僕はそれを忘れるようにしたつもりだが、実際のところは簡単にできるものでもなかった。あのとき僕がもう少し酔っ払っていたら、あるいはすぐに忘れてしまえたかもしれないが。

「こんなに遅くまで娘を連れ回して酒なんて飲ますんじゃない、と君のお父さんに叱られた。それだけ」

そう簡潔に僕は返した。彼女が微かにため息をつくのが感じられた。

「そうだったんだ――。ごめんね、ほんとはお礼を言わなきゃいけないところだったのに」

「大丈夫。別に気にしてない」

少しして彼女は続けた。

「あのね、篠原くん。父はちょっと……情緒不安定なのよ、姉が死んで以来。だから許してあげて」

ん？　僕は顔をさらに彼女のほうに向けて訊いた。

「え、姉って……。君のお姉さん、ってこと？」

「そう、私の姉。つまり、父からすれば娘」

「えっ、そうなんだ……。いや、許すもなにもないよ、そういう事情なら」

とりあえず僕はそう返した。山下の姉さんが亡くなっていたなどという話はもちろん初耳であるし、それがいつのことだったのかを聞きたい気もしたが、そんなことを根掘り葉掘り訊くのも失礼なので、僕は黙るしかなかった。

「ありがとう」

彼女はそう口にした。

僕はさらに話を続けたほうがいい気がしたが、見つけることができなかった——質問ではなくなにかいい感じに彼女を元気付けるような言葉を。話題を変えるというわけにもいかず、彼女がなにかを言い出すのを待ったが、彼女はそれきり黙ってしまった。

電車は進み、徐々に乗客が増えていった。

永田町あたりでそこそこに多くの客が乗り込んできたので、僕らはどちらからともなく座席を詰める形に座り直した。

必然的に、山下と僕の体が触れ合う形となった。

電車が加速し、彼女の体の圧が少し僕にかかる。彼女の体温が感じられて、僕は少し、緊張した。

渋谷に着くと多くの客が降りたが、それ以上に乗ってくる客が多く、車両はほぼ満員の状態となった。乗車率で言えば二〇〇パーセントくらいか。立っている乗客に完全に囲まれている感じになった。僕は彼女の様子をうかがったが、どうやら寝ているようだった。

池尻大橋、三軒茶屋と電車は進み、急に混雑が解消された。立っている客がまばらにいる程度。急行をご利用のお客様はここでお乗り換えください、とアナウンス。僕は急行に乗ったほうが早いが彼女の降りる用賀駅に急行は停まらない。彼女は寝たままだ。僕も動かない。別に急ぐ理由はない。

再び電車は加速し、彼女の体重が今までよりも強く僕にかかった。彼女の眠りを妨げないように僕は姿勢を微調整した。

桜新町駅に到着した時には、彼女は完全に僕の肩に頭を寄りかからせた状態になっていた。車両はさらに空いてきて、空席も散見されるまでになった。

ここで急行の通過待ちをするというアナウンスがあると、急に車内は静まりかえった。

彼女がゆっくりと息をしているのが感じられた。

彼女の頭の重みが僕の肩にあった。

唐突に僕は、この時間が永遠に続けばいいのに——、と思った。

なぜだかはわからない。でも気付くと自分はこのまま世界が止まってくれることを願っていたのだった。彼女の体温を感じながらその体を支えていることに、喜びというと大袈裟だが、なんていうか、ちょっとした気概のようなものを覚えていたのかもしれない。誰かと体を触れ合わせていることの親密さを感じ続けていたいという気持ちもそこにはあったろうか。わからない。

けども僕のそんな願いとは裏腹に、しばらくすると急行の通過するごうという音が聞こえ、それからまた静寂が戻り、それに続けて〈発車します〉というアナウンスがあった。

電車は動き始め、加速し、そしてすぐに減速する。用賀駅到着のアナウンス。僕は彼女の腕をそっと揺すった。

彼女の頭が僕の肩から離れた。

「用賀」僕は言った。

彼女は頷いた。そして、立ち上がる。

僕も立ち上がった。

「座ってればいいのに」彼女は言った。「今日は送ってくれなくていいのよ」

なんなら彼女の家まで送っていきたい気持ちもあったが、そこまでするほどの理由がないので、僕は頷く。だが座りはしない。

「今日はありがとう。楽しかった」

彼女は言った。

「うん」

僕はうまい返しが思い浮かばずにそう口にする。

電車が停まり、ドアが開く。他の何人かの乗客に続いて彼女は降りていく。僕はドアのところで立ち止まる。

ホームに降りて彼女は振り向いた。

「またね」

そう言って彼女は片手を振った。その笑顔が少し寂しそうに見えた。

僕は片手を挙げてそれに応えた。口からは言葉が出なかった。

すぐにドアが閉まった。

彼女はホームを歩きつつ、僕に向かって手を振り続けた。

電車は動き始め、彼女の姿はすぐに見えなくなった。

3

あくる日曜日、僕は自分の部屋のベッドに寝転んでいた。安物のパイプベッドだ。山下のことが頭から離れなかった。よりかかる彼女の体の重み。伝わってくる体温。別れ際の寂しそうな笑顔。「またね」と口にした時の、その声。

あぁ、「またね」とは、どういう意味なのか――。

それは当然、また一緒にどこかに出掛けようよ、ということなのではないか。また会社で顔を合わすことになるだろうから「またね」と言った可能性もなくはないが、少なくとも僕はその言葉を耳にした時には間違いなく前者の意味にそれを捉えていた。だが考えれば考えるほどにわからなくなる。

寝返りを打つ。

僕は一体どうしたいのか――わからん。

彼女のことを好きになってしまったのか――いや、どうだろう?

彼女とまたデートしたいのか――わからない。

でも僕は、あの瞬間がずっと続けばいいと思ってしまったのだ、急行の通過を待つあの電車の座席で。少なくともそれは真実の気持ちだった。

けれどなぜ僕がそのように思ったのか、その理由はわからない。そのように思ったという事実だけがある。

あるいは、今、彼女に電話をかけ、彼女と声を交わしてみれば、なにもかもはっきりとするかもしれない。すべては僕の思い込みかなにかだったことが腑に落ちるかも。新人研修の時の連絡網に彼女の自宅の電話番号は載っているはず。

僕は体を起こしかけた。

だが、彼女の家に電話をかけて、出るのはあの父親かもしれない——そう思いついて、僕はベッドに体重を戻した。ギシッと軋む音がする。

——彼女が携帯電話を持っていてくれりゃな。

同期の連中でも携帯を持っているのはひと握りしかいない。彼女がそれを持っている可能性はまずないだろう、昨日もそんな様子はまったく見られなかったし。仮に持っていたとしても、その番号を連絡網には載せていまい——。

馬鹿馬鹿しいことを考えている自分に気付いた。

僕は起き上がった。ベッドの上で悩んでいてもどうにもならない。

——とにかく彼女と話そう。そうしないことにはこの状況から抜け出せない。今度の週末にでもデートに誘う。そうだな、映画でも見ようとかなんとか……。

それだけを僕は決め、もうなにも考えないことにした。

月曜になって、出社した僕はオフィスの自席から彼女の姿を探していた。

会社は都心のさほど大きくはないオフィスビルの二つのフロアに入居している。七階と八階だ。八階には開発部隊のオフィスとサーバールームがあり、それ以外は七階にある。つまり、僕も山下も席は七階にある。フロアは南北に長く、彼女の所属する広報部などの管理部門はフロアの北寄りで、間に営業部隊を挟んで一番南側に僕のカスタマーサポート部の席がある。

背筋を伸ばしてフロアの向こう側を眺めると、どうにか彼女が席にいるかどうかだけはわかる程度。彼女の席のデスクの衝立の上に頭の先が見えるが、もしそれが彼女ではなく別の誰かであったとしても、そこまでは判別できない――まあ、席に別人が座ることは基本的にはないだろうけど。

今は彼女が席にいるのがわかる。

さて、どうやって彼女をデートに誘うか。

ここは努めてさりげなく物事を進めたい。別に彼女に求愛したいわけではないんだ。そこを彼女に誤解させるようなことがあってはならない。

まあ、たまたま廊下ですれ違うような時に声を掛けて、世間話風に――って流れだろうな。わざわざどこかに呼び出して話をするのでは大袈裟だ。社内メールを使うと誰かの目にふれる可能性があるし。ま、気をつけていればいずれタイミングが訪れるだろう。なにも急いで事を進める必要はない。

僕は一日の業務を開始した。

彼女が席を立って廊下に出て行ったタイミングでこちらも席を離れれば、偶然を装って彼女とすれ違うことができるだろう。だが、そのためには始終彼女を観察していないとならない。もちろんそんなことはできない。それでは仕事にならない。当然ながら偶然に彼女とすれ違うなんてことはそうそう起こりうることではなく、この日は何も果たすことなく終わった。僕には当たり前のように毎日残業があるのだが、定時を過ぎたあたりで彼女の席を見やると、もうそこに彼女の姿はなかった。

残業を終えていつものように電車に揺られて家に帰り、飯を食って風呂に入り、ベッドに就く。そこで思うのはやはり彼女のことである。ホームで手を振る彼女の姿。

ああ――。

火曜日。僕は自席から彼女の姿を眺めている。彼女は上司の席の横に立ってなにかを話しているようだ。時折、頷いたり、笑顔になったりしている。

やがて彼女は自分の席に戻っていく。僕はずっとそれを見つめている。かなり離れているので、どれだけ凝視したところで彼女が僕に気付くことはないだろう。いや、たとえこちらが大きく手を振ってみてもそうそう気付かれる距離ではない。

僕は仕事に戻る。頬杖をついてディスプレイを眺める。だんだんと仕事が手につかなくなっているのが感じられる。

そのまま、彼女と廊下ですれ違うなどという偶然は訪れることなく、夜になる。

席を見ると、もう彼女は帰宅したようだ。仕事が捗らないので僕の残業は長くなる。

水曜日。僕が顔をあげる頻度は多くなっている。

一瞬だけ目の端が捉えたオフィスから出ていった姿が、彼女のように思われた。見れば席に彼女はいない。僕はさりげなく席を立った。

オフィスの三ヶ所の出入り口とつながる廊下には、エレベータと、パントリー（飲物の自販機がある）、それからトイレが並んでいる。案の定、前方から俯き加減にこちらに歩いてくるのは彼女だった。おそらくトイレかパントリーに向かっているのだろう。僕の鼓動が高まる。いや、落ち着け、自分。平常心、平常心――。

顔を上げ僕を認めた彼女がはじけるように笑顔になった。僕もつられてしまうが、努めて普通の表情を装う。廊下には他に人はいない。チャンスだ――。

二人の距離が近くなり、僕は足を止めかける。彼女も同じようにして、なにかを言いたそうな表情がその顔に浮かぶ。

だが、その時、急に彼女の表情が真顔に戻った。

僕の背後に人の気配を感じた。一瞬、そちらに顔を向ける。廊下の一番奥側にある女子トイレから加藤（かとう）さん――会社のお局さんとして名高い――が現れたのだった。

僕も真顔になった。新人の男女が廊下で立ち話などをしているのを彼女に見られたら、後から何を言われるかわかったものじゃない。僕らは小さく目で頷き合うだけで、そのまますれ違った。

僕は男子トイレに入って、手だけを洗った。そしてそそくさと席に戻る。おそらく女子トイレに行ったであろう彼女が出てくるのを待ち伏せするという手も考えられたが、気が引けた。そこまでしたら偶然を装うという感じじゃなくなるし。

運に見放されたような気がした。

僕はもう、仕事中に顔をあげるのをやめて、業務に専念することにする。

木曜日、おそらく彼女の週末の予定はもう埋まっているだろう、このタイミングでデートに誘うのは遅すぎるんじゃないかと考え、声をかけるのを来週に延期することにした。

努めて彼女の席のほうを見ないようにし、仕事に集中。

そのおかげか、一時間も残業せずに業務に区切りがついた。もしかしたら、と思い彼女の席に目を向けたが、すでにそこに彼女の姿はない。

家に帰り、就寝。

だがなぜか目が冴えてくる。彼女のことが頭から離れない。


金曜日、寝不足のためか頭が少しぼうっとしている。このままでは週末をずっと頭を悩ませながら過ごすことになると考え、延期を取りやめ、なにがなんでも今日のうちに彼女に声をかけることを前日のベッドの中で決めていた。

作戦を考えてある。

定時で自分の業務を終え、彼女が帰宅の途に就くのを待つ（おそらくそんなに長い時間を待たずに済むだろう、これまでの彼女の動向からして）。彼女がオフィスを出て行ったら、すかさず自分も席を立つ。うまくすればエレベータで、悪くともビルからそう遠くないあたりで彼女に追いつけるだろう。そしたらそのまま一緒に帰りつつ、話をすれば良い。彼女はまっすぐ家には帰らないかもしれないから、まずは最初にデートのお誘いをしてしまおう。彼女の今週末の都合が悪ければ、その先の日程にすればいいだけだ。断られればそれまでのことだし。とにかく言うだけ言っておかないと僕の思考の無限ループは続く。それだけは避けたい、というか、避けないと体がもたない気がする。

第一のハードルが（これが最も難関と思われる）定時で業務を終える、というところである。僕はいつになく仕事に集中した。昼休みもいつものように先輩らと食事には出ず、コンビニの弁当をかき込みつつ、仕事を続けた。

その甲斐あって定時の数分前に僕は週報を書き終えた。そこから不自然に背筋を伸ばしつつ、パソコンをいじっている風を装いながら彼女の席のほうを観測する。

定時が過ぎて二、三分すると彼女は席を立った。その肩にカバンがかかっている。

僕はディスプレイ上のすべてのウィンドウを閉じ、メニューからシャットダウンを選んだ。カリカリというハードディスクの音が続いた後、プツッとパソコンの電源が落ちた。カバンを手に僕は立ち上がる。

「お先に失礼しまーす」

そう声を発した。周囲の先輩らが少し驚いたように顔を上げたが、特に何も言われることはなかった。僕はオフィスを後にした。

エレベータの前に彼女の姿はなかった。管理部の高齢の社員がひとりエレベータの到着を待っていた。僕は「お疲れ様です」と声をかけた。管理部の男性は無言で頷くだけである。

ここでひとつ計算違いがあった。僕はいつも残業しているので知らなかったのだが、定時で帰宅しようとすると、エレベータは昼休みの始まった頃合いと同じくらい混んでいるのだ。このフロアからだと満員で乗れないことも少なくない。

案の定、待たされた挙句に止まったエレベータにはひとりくらいしか乗れるスペースがなかった。管理部の男性に譲った。そうするしかあるまい。ドアが閉まるのを待って、ひと呼吸おいてから下りのボタンを押した。

焦りを感じ始めた。

少しして到着した次のエレベータもほぼ満員だったが、ちょっと強引な感じになんとか乗り込んだ。

ロビー階に到着し、僕はエレベータから飛び出した。走りたいところだったが、息急き切った状態で彼女に追いつくわけにもいかない。早足で歩いた。僕が普段帰宅する時よりも往来の人々が数段多い。目で彼女の姿を探しながら、人の間を縫うように進む。

今日の彼女はどんな格好をしていたっけ――。さっきその姿を目にしたばかりなのに思い出せなかった。

彼女を見落としてしまってはなんの意味もない。そもそも彼女を見落とすなどという可能性をまったく考慮していなかった。見ればすぐにわかるものと思ってた。だが、この人混みを歩く多くの女性らの後ろ姿を見るうちに、僕のその自信は急速に萎んでいった。

彼女の髪の長さは？　髪留めは使ってたっけ？　服の色合いは？　なにも確かなことを記憶していなかった。

カバンは黒の革で横に長くて、底はちょっと幅があり、持ち手の部分が細身で長いやつ。あの飲み会の時に僕が持ってあげたやつだ。彼女は今もそれを使い続けている――それくらいしか確かなことに思い至らなかった。

そんなことを考えながら、僕は早足にオフィス街を進む。間もなく駅に着いてしまう。感覚としてはタイミング的にもう彼女に追いついていいはずだった。もしかしたら彼女は途中のコンビニに寄ってしまったりしたのだろうか。それならばもうアウトである。

半ば諦めながら、僕は地下鉄の駅へと続く階段を駆け下りた。わずかな望みを抱きつつ階段の横のエスカレータに乗っている人の姿を確認していく。

改札まで辿り着いたが、彼女の姿は見つからなかった。やはり気付かずに追い越してしまったのか――。

もはやどうしようもなく、僕はホームへと降りた。

最後の望みを託しつつ、乗車列に並ぶ人々を眺めた。

パッと目に入った――僕はそこに彼女の姿を発見したのだった。

力が抜けた。

乗車列最後尾に立っていた彼女の横に並びついた。僕は「お疲れ」と声を掛けた。

彼女は少し驚いたようだが、すぐに笑顔になった。

「めずらしいね、篠原くんが定時で帰るなんて」

彼女は言った。

「うん――」

僕は頷いた。

――さあ、言え。今だ。今、言わないでどうする。

「あのさ、よかったら明日か明後日、映画でも見に行かないか」

努めて普通の口調を装って僕はそれを口にしたが、声は上ずっていたかもしれない。

「えっ」

彼女は僕を見た。

一瞬の間――それはものすごく長く感じられた――の後、

「うん、いいよ」

と言葉が返ってきた。

でも、その表情は、なんていうんだろう――そう、「でも、私でいいの？」とでも問いたげだった。

——知るか、そんなこと。オレにだってわからないよ。

電車がホームに滑り込んできて、僕らの会話は一旦そこで途切れた。

あくる日に僕らは映画館に行った。観たのは、ちょうど彼女が「観たいと思っていた」という『シックス・センス』という洋画である。僕は別の候補を考えていたのだが、どうしてもそっちを観たいというわけではなかった。そもそも僕はめったに映画館には行かないのだし。

暗い内容で僕の好みではなかったが、映画はそれなりに面白かった。けれども中身が半分くらいしか頭に入ってこなかったような気がする。

それは彼女が隣にいたせいかもしれなかった。

女の子と二人で映画を見るのは初めての経験ではなかったが、なぜか僕は緊張していたようだ。彼女を誘うことにあまりにも精神力を使ってしまった分、自意識が過剰になっていたのかもしれない。

ともあれ映画を見終えた僕らは喫茶店を探し、お茶をした。下調べで僕があらかじめ行くつもりだった店は満席だったので別の処に行ったのだが、そこは奇妙にファンシーな内装の店だった。

でもそれはどうでもよかった。僕はコーヒーを頼み、彼女は紅茶をオーダーした。ウェイトレスは無愛想だった。隣の席に座っているカップルは別れる寸前という雰囲気を漂わせていた。それらのマイナスを跳ね返すべく、僕は会話を盛り上げる。

延々と僕らはそこでお喋りをした。何を話したのだろう。学生の頃の思い出とか、就活で大変な思いをしたこととか。たわいない話。

海外ドラマなんかだと出会った男女は互いの体を貪り合うことで心の距離を埋めていくのだが、僕らはそれをお互いの言葉で行った、といったところかもしれない――ただ、彼女は自分の姉についての話題は周到に避けたようだ。僕もそこについては踏み込まなかった。まだそこまでは彼女との距離感を掴めなかった。

彼女はある意味で僕ととてもよく似ていたし、またある意味では全然違うところもあった。お互いに良き理解者になれそうな予感はあった。

僕らは次の週末にもデートをする約束をした。ようやく僕の心に平安が訪れそうだ。

翌日の夜に電話があった。妹がそれに出て僕に取り次いだ。

彼女からだった。

用件を訊くと、昨日のお礼だという。ようするに特に用があるわけではないが話をしたいということだろう。

昨日の映画の感想とかの話題から始まったが、僕はあれをそんなにしっかりと観ていたわけではないので、どちらかというと彼女の話にうまく相槌を打つことに神経を注いだ。あの映画に関心がなかったと思われないように、そこをうまくやるのは僕の得意とするところでもあるので、彼女は気分良く話をできたようだ。なんだかんだと一時間以上も話し込む形となった。僕の家の電話は玄関に置かれているため、あまり長電話に適した環境ではないのだけども。

部屋に戻って僕はベッドに寝転んだ。

私でいいの？　地下鉄のホームで映画に誘った時の彼女の表情が急に思い浮かんだ——いや、それより僕が訊きたいのは、果たして僕でよかったのか、ということなのだが。

ま、とはいえ僕らは一緒に映画を見たり長電話をする程度の仲になったというだけの話であって、それ以上のことは何もない。お互いに何の言質も与えていない。

組んだ手のひらを枕に、僕は目を閉じた。

いったい、僕は彼女に何を求め、彼女は僕に何を求めているのか——それは依然として謎である、というか、これまでは自分自身の気持ちだけが疑問であったのだが、そこに彼女の気持ちも要因として加わった。謎が双方向になったわけだ。けど、以前のような焦燥感のようなものはない。いったんは収まるところに収まりつつあるのが感じられる。後はなるようになるだろう。ロケットは打ち上げられたのだ。あとは飛び続けるか堕ちるかする――あるいはどこかに着地するのか――しかない。なんにしてもしばらくは飛行を楽しむより他にないのだ。

焦燥感――そう、それがこの一週間、僕にまとわりつき、僕を駆り立てていた。なんだろう、物事が収まるべきところに収まっていないという感覚。そこでは僕の気持ちとか、あるいは彼女の気持ちなどといったものは、いったん無視される。いや、その焦燥感の根底には僕自身の欲求があったのかもしれないが、僕の意識上ではそうはなっていない。

僕は思考の無限ループを終わらせるために事態を緊急的にイグジットさせる必要に迫られ、これまでの成果物をできるだけ温存させる道を選んだ。逆にすべてをご破算にして、なかったこととする道も選べたのだが、そうはしなかった、ということだ。それは単に僕の性格的な部分に依るのかもしれない。建設的な方向を好むという僕の志向に。

僕は彼女に恋をしたわけではない、と自分では思っている。でも今の状況まで事態を進展させたのは僕の意志である――たとえそれが緊急措置でしかなかったにせよ――ことも間違いない。そのことに責任が取れるのか、と言われると、わからない、としか答えられない気がする。でも僕としてはこうするより他になかった。

いや、深刻に考えすぎだな、僕は。

僕らはこれから俗にいうところの「お付き合い」をすることになる——いやすでになっているか——わけだが、それって謂わば「お試し期間」のようなものじゃないか。付き合ってみてダメなら別れるだけのことだ。この時点で責任とか考え出したらなにもできない。まあ、もちろんやり方によっちゃあ責任問題に発展することはあるだろうが、そこはうまくやるしかないだろう。とりあえず今のところは問題ない——はず。

大丈夫だ、大丈夫。しばしごゆっくりと飛行（フライト）をお楽しみくださいと機長（キャプテン）は言っている。

4

それからの僕らは毎度の週末を共に過ごした。公園に行ったり、動物園に行ったり、買い物に行ったり、みたいな。けれども僕らはまだ単なる友達とも恋人同士ともつかないような関係だった。

そして季節は秋から冬へと移り変わった。

その日、僕らは水族館に行った。毎度のデートと変わりない調子に物事は進んでいた。ひととおり展示を楽しんで、いつもならどこかでお茶でもという流れなのだが、街を歩いていてマクドナルドがあるのを見つけた彼女が、そこに行きたいと言い出した。

別に異論はない。ちょうど僕も腹が空き始めていた。

休日だが食事時からは外れていたので座席は確保できた。彼女から注文を聞いて僕だけがレジに並んだ――フィレオフィッシュとコーラとポテト、それが彼女の注文だった。

二人分の食事をトレイに載せて僕は彼女の待つ席に戻った。

僕らはハンバーガーにかぶりついた。

「フィレオフィッシュ、食べるの久しぶり」

「好きなの?」

僕のその問いに彼女はわずかに戸惑いを示した。

「そうね……」

それから彼女は急に話題を変えて、さっき見たクラゲが綺麗だった、みたいなことを言い出した。僕は頷いた。あれってずっと見ていられるよね、とかなんとか。

彼女の反応がいつもと違った。

見ると、彼女は俯いていた。肩が小刻みに震えているのが見て取れた。

「ごめんね」

顔を上げた彼女の目から涙がこぼれ落ちた。彼女は脇に置いていたバッグからハンカチを取り出して、それで目を押さえた。

僕はどうすればいいかわからなかった。

「大丈夫、少しすれば治まるから」

彼女はハンカチで両目を押さえたまま言ったが、完全に泣き声である。どうやらコンタクトにゴミが入ったというような風情ではなさそうだ。そもそも彼女はコンタクトなどしていないようだし——これまでの観察では。

その時の座席が長椅子タイプのものだったら、彼女の隣に行って背中をさするなどの対応ができたかもしれないが、残念ながらそうではなく、いい具合に彼女をなだめることのできそうな方法が見出せなかった。それに、まだ彼女の手すら握ったことのない僕にそんな高度なことができるわけがない。

僕はただ彼女が泣き止むのを待つしかなかった。

やがて彼女はハンカチを下ろした。泣きはらした目で彼女は僕を見た。その表情は「私を嫌いにならないで」と訴えていたが、口は閉ざされたままだった。

「出ようか」

小さく僕がそう言うと、彼女は頷いた。

ほぼ手付かずのトレイを僕がゴミ箱に片付ける間、彼女はそのそばで俯き加減に立っていた。

片付けを終え、僕は佇む彼女の手をとって握った。「僕は君を嫌いになんかならない」という意思表示をしたつもりだ。彼女は僕の手を握り返し、顔を上げた。力ない微笑みが僕に向けられた。

手を繋いだまま、僕らは店を出た。そのまま歩く。どこに向かってだとか、なにも考えてなかった。

夕暮れだった。この時期の夜は訪れが早い。

「篠原くん、私は不安なの」

彼女は僕の横でそう呟いた。それは街の喧騒にかき消されそうな声だった。

僕は繋いでいた手をいったん離し、彼女の肩に回した。

彼女は頭を僕の肩に寄り掛からせた。僕は一層強く彼女の肩を自分に引き寄せる。

でも僕らには行き場がなかった。

あてもなくただ僕らは歩くだけだった。体を寄せ合ったまま。

オフィス街だった。目の前には無機質で巨大なツインビル。等間隔に植えられた街路樹。広い歩道。

迷い込むように僕らはそこの周囲のオープンスペースに足を踏み入れた。植栽があちこちにあり、ところどころにベンチがある――昼休みにはそこかしこで近隣のオフィスワーカーらが弁当なんかを広げて談笑していそうな。でも今は遠くを歩く人影もまばら――。僕らはそこに腰掛けた。彼女はしなだれかかるように僕の体に腕を回した。

日はすでに暮れていた。空だけが微かに日の残りを留め、完全に夜の色に染まるのに抵抗していた。

僕は彼女の息づかいを感じていた。彼女の頭は僕の胸のあたりにあって、僕からはその表情を窺うことはできない。彼女の涙の理由に到達できない自分をもどかしく思った。それでも自分は彼女に寄り添うことはできる、そう考えるしかなかった。
空はすぐに夜の色に染まってしまった。

僕はこの後、このような彼女の『悲しみの発作』とでも呼ぶべきものに頻繁に遭遇することになる——それはいつ襲ってくるか僕にはまったく予測のつかないものだった。ひと月、ふた月、平穏な時期があるかと思えば、三週連続で「発作」のあることもあった。

対処方法としてはただひとつしかなく、それは彼女を抱きしめることだった。抱きしめていればそのうちに彼女は落ち着きを取り戻した。いや、わからない。抱きしめなくとも時間が経てば彼女は落ち着きはするのだろう。抱きしめることがどれだけ回復に寄与しているのかはわからなかった。なんにせよ、それが起きれば僕は彼女を抱きしめる以外になかった。

彼女の姉の死が関係するのだろうな、ということは割と早い時期から想像がついた。そのことについて僕のほうから問うことはしなかったが、「発作」中の彼女からは、時に自身の姉についての記憶が断片的に語られることがあった。
その全体像が知れたのは二月の後半のことだった。
次の日曜には会えないと彼女は言った。何故？　と訊くと、法事だから、と言う。

ああ、そうなんだ、それじゃ仕方ないね、と僕は何事もないかのように返した。

彼女は僕のその反応に不満げだった、めずらしく。

僕は機敏にそれを察し、続けて訊いた——法事って、もしかしてお姉さんの？

彼女は頷いた。

そこから長い話が始まった。しかし彼女が「発作」に襲われることなくこれを淡々と語りきったのは、いずれその話を僕にきちんと説明しないとならないと彼女が感じており、そのためにずっと心の準備を重ねていた、ということなのだろう。

彼女の姉は将来を嘱望されたピアニストだったという。十代でコンクールに入賞し、その後、海外に長期留学。だが留学先で事故に遭い、亡くなった（事故の内容については触れられなかった）。

「歳はいくつ離れてたの」

「三つ」

彼女がまだ物心のつく以前より、山下家では全てが姉とピアノとを中心にして回っていた。彼女の姉を超一流のピアニストにすることが至上命題だったのだ。それの妨げとなりうるものは全てが排除された——その中で最も割を食ったのが彼女であったことは想像に難くないのだが、それを彼女自身が恨みに思っているような様子は微塵も感じられなかった。

「君はピアノ、弾かないの？」

その僕の問いに彼女は、とんでもない、という風に首を振った。

「私はダメ。幼稚園の頃に少しだけ先生についたんだけど、すぐに才能がないってわかったの。それからは家のピアノに触るのも厳禁、姉さんの練習の邪魔になるから。家にグランドピアノがあるの。もう誰も弾かないのにね」

僕は彼女の家を思い起こした。夜だったので確かなことは言えないが、普通の家と比べればかなり広そうな家ではあったけども、その中にグランドピアノが置かれているのはちょっと想像できなかった。

「家に友達を呼んだりするのも禁止。もちろん騒ぐのもダメ。音楽はヘッドホンで聴くしかなかった——姉さんが聴いてるのを一緒に聴く時は別だけど——すごい立派なオーディオ装置があって。今はそれを私が独占してる」

そう言うと彼女は微かに感情を抑えている顔つきになる。しばしの沈黙。

「でも姉さんは可哀想。姉さんの人生にはピアノしかなかったんだもの。明けても暮れてもピアノ。他には何もなかった」

それが可哀想かどうかは本人にしかわからないことだがな、と僕は内心に思ったけども、もちろんそんなことは表情にも出さない。ただ頷くのみだ。

「篠原くんのいいところはね、」

彼女はうっすらとした笑みを浮かべつつ言う。

「こういう時に『その分、君が人生を楽しまなきゃね』なんてことを言わないところ」

僕は苦笑した。「なるほど」と返すのみにする。

「みんな私にそんなこと言うの。バカじゃない？　私がいくら人生を楽しんだところで、姉さんにとって何の足しにもならないのに」

「それはそうだな」

そう僕が言うと彼女は視線を脇に逸らして、再び過去に思いを巡らし始める——。話は延々と続いた。具体的な思い出を交え、時にループし、時に脱線しつつ。姉がどんなにすごい人物であったのか、すばらしい人だったのか、そしてその裏で実は妹想いのところもふんだんにあったことなども。

こうして語ってくれたことにより彼女の姉についておおよそのところは理解ができたのだが、その一方で、彼女の『悲しみの発作』が起きる理由については腹落ちしないものがあった。まあ、なにがしかのきっかけによって姉のことを思い出し、その都度彼女は泣いてしまうのだ、という解釈で間違いはなかろうとは思われたが。

翌週の法事が一周忌であることも彼女の口から僕は知り得た。まだ一年も経っていなかったわけだ。近しい肉親の死からどのくらいの期間で人は癒えるものなのか僕にはまったく見当もつかなかったが、一年が過ぎるのであれば今後は徐々に彼女の「発作」も減っていくのではないかと僕は期待した。

マクドナルドでの一件以来、それまでとは打って変わって僕らの間にはスキンシップが増えた。歩く時は当然のように手を繋いだし、人目のないところでキスをしたりもした。つまりはごく普通の恋人同士となった。

彼女の「発作」だけが僕らの関係を単純ではないものにしていたが、それは全体からすればごく短い時間を奪うだけに過ぎなかったし、むしろそれのおかげで僕らは一般的なカップルにありがちな（と思われる）つまらない諍いなどをせずに、お互いを思いやることができていたような気もする。

その後も僕らは順調に交際を重ねた。だが、付き合い始めて二年目に突入しても依然として彼女の「発作」はその頻度を減らすことがなかった。

僕は考えた――彼女はあの用賀の家に住んでいるのがいけないのではないだろうか。姉との思い出が詰まったあの家にいるからいつまでも過去を断ち切ることができないのではないか。家を離れて新しい暮らしを始めれば、ほどなく悲しみも薄れ、彼女は本来の彼女自身の人生を歩めるようになるのではないか――、と。

そう考えた時に僕にできることは、只ひとつ――彼女にプロポーズすることである。

結婚して一緒に暮らそう、と。もちろん結婚せずに同棲するとかいう選択肢もあるのかもしれないが、僕のほうでも実家を出るには自分の両親を説得しないとならないわけだし、結婚をするということでもなければ、ふんぎりもつけられまい。

だがそれは僕にとって簡単に決断できることではなかった。まだ社会人になって二年も経ってなかったし、実家を出て経済的にやっていけるかどうかもわからない――だが両親と妹とが一緒に住む家で結婚生活が成り立つわけはないから実家を出ないという選択肢はない――結局はそこまでの覚悟がないだけかもしれないが。

それに彼女がどう考えているかも不明である。

彼女はこれまで、結婚願望を匂わしたりすることもなければ、自分の将来についてなにか展望を語るようなことも皆無だった。

彼女の家が裕福であることもネックと思えた。僕のような稼ぎも少なく将来性もたいしてないであろう男性との結婚を、果たして彼女の両親は許容するだろうか。いや、そもそも彼女自身がそれを許容しない可能性だってある。恋人として付き合うのと結婚をするというのは次元の違う話なのだ。

プロポーズをしてしまえば、彼女がそれを受け入れるにしても拒絶するにしても、これまでの僕らの恋人同士としての関係は終了することとなるだろう。

それよりかは今のままの関係を続けるほうが僕としては望ましい。

だが、彼女にとってはどうなのか？

一刻も早く彼女を新しい生活に切り替えさせるべきなのではないか。しかし、もし彼女がプロポーズを拒絶すれば僕は彼女のもとを去るわけだし、そうなればますます彼女は悲しみから逃れ得なくなってしまう。それと比べてしまえば彼女にとっても現状のままのほうがマシと言えるのでは。

考えても結論は出ない。思考は同じようなところを行ったり来たりするだけだ。僕は前にも後ろにも進むことはできなかった。

ところが、僕らにとって二度目の冬となったある日、それまでの僕の懊悩はあっけなく終わりを告げた。

そのとき僕らは巨大なショッピングセンターを訪れていた。特に何かを買おうとしていたわけではなく、映画を見て、お茶をして、それからブラブラとしているうちにそこに辿り着いたのだった。

もう日は暮れていた。僕らはその建物の広いテラスに出た。夜景目当てであろうカップルがちらほらと佇んでいた。眼下にはイルミネーションの飾り付けられた樹々が見える。それから、路上を行き交うたくさんの人たちが、小さく。

風はなかったが、寒かった。他のカップルらもそうであるように、必然的に僕らも体を寄せ合った。僕は後ろから彼女を自分のコートに包み込んだ。

しばらく僕らはそうやってイルミネーションを眺めていた。

「こういう見晴らしのいいところにいるとね、」

彼女が唐突に口を開いた。

「飛べそうな気がしてこない？」

僕は若干戸惑う。

「どうかな、あんまりわからないな」

高所恐怖症というほどではないが、僕はもしかしたら高いところが怖いという感覚は人よりも多少強いかもしれない。彼女の言う、飛べそうな、という気持ちはあまり、というよりか、ほとんど理解できなかった。

「私はそんな気になるの。両腕が翼になって、その翼全体に風を感じて、空中を滑空する。それがイメージできるの」

そう言いながら彼女は前方に倒れ込むような感じに体の力を抜いた——もちろん僕がコートでその体をくるんでいるから、彼女はほんの五センチも動くことにはならなかった（それに僕らの目の前には胸の高さほどの手すりがあったから、仮にそのタイミングで僕が腕を放したとしても、彼女はコケることすらなかったはずだ）。だがなぜだか僕はその時、本当に彼女が飛んでいってしまうような気がした。僕の腕をすり抜け、この冷たい空気の中に身を投げ出してしまうような感じがしたのだ。

思わず僕の腕に力が入った。体を締め付けられた彼女から息が漏れた。僕はあわてて腕を放した。彼女はその場でくるりと振り向き、まっすぐに僕を見上げた。目が合った。その瞬間ほど彼女をたまらなくいとおしいと思ったことはなかった。

「け、結婚しよう」

なんの心の準備もなかったのに、突然に僕の口からそのセリフが飛び出た。

直後、彼女はコートの下の僕の体に腕を回して、抱きつく形となった。僕からは彼女の頭のてっぺんしか見えなくなる。

「うん、私、篠原くんと結婚する」

彼女はそのポーズのままそう言った。それから彼女の全身が揺れ出した――泣き出したのだ。僕は彼女の体を優しく抱きしめた。


婚約期間の僕らはなかなかに忙しかった。もちろん結婚にまつわる諸々のために、である。ほとんどのことは楽しくもあったが、一部には例外もあった。

中でももっとも気が進まなかったのは彼女の家に行って両親に挨拶するというイベントだった。だが当然それを避けて通るわけにはいかない。

まあでも、会ってみればなんということはなかった。父親のほうは僕があのとき娘を自宅まで送ってきた人物であるということにはまったく気付いていなかった。娘をもらってくれる善良な若者として僕を見てくれたようだ。母親のほうはあまり印象の強くない人で、若い頃はおそらく美人だったのだろうという雰囲気はあるものの、例えば僕の母親なんかと比べてもかなり老け込んでしまっているように見えた。だがなんにせよ、二人とも僕らの結婚を大いに喜んでくれているようだった。

ちょっと困ったのは、彼らは僕らの結婚式を大々的なものにしたいらしきことだった。少なくともいわゆる結婚式場で披露宴をやるというのが最低ラインとして求められているようだった。正直言って僕は、あれだけはちょっと勘弁してもらいたいと感じていた。式なんて身内だけでいいじゃん、結婚披露パーティーを仲間内で小さなレストランかなんかを借り切ってやれば十分だろう、程度のイメージでいた。花嫁がお色直ししたりだとか、会社の偉い人にスピーチしてもらうなんてありえないと思っていた。

だが、どうやら僕が我慢しなければならないようだった。しょせん結婚式などというものは花嫁とその両親のためのものなのだ、こちらとしては彼らに納得してもらうことを第一に考えるしかない。どうせ一度きりと割り切ることとした。なぜだか彼らはキリスト教徒でもないのに式はキリスト教式で挙げたいと希望した。それも受け入れる。事前に何度か神父と会ってありがたい話を聞かされるというイベントまであった。

新居も決めねばならなかった。

そこが最も重要なポイントだった。彼女を実家から引き離すのがこの結婚における一大テーマである。そこをしくじってはなんのために結婚を急いだのかわからない。

もちろん僕らの通勤の便のことも考えねばならない。最初は、いっそ埼玉ないし千葉方面で検討しようかと思っていた。が、これには彼女はあまりいい顔をしなかった。まあ、僕のほうにも土地勘のない場所で新居を探すことには不安があったので、その案は早々に放棄することとした。

結局、新丸子の駅から徒歩十数分の処にある賃貸マンションに決まった。三階の角部屋だ。距離的に言えば用賀からはそんなに遠くもないが多摩川を挟んでいるし、電車で行くには三つの路線を乗り継ぐ必要があるので、ふらっと気楽に行ける感じでもなく、もちろん通勤経路も変わるから帰りにちょっと実家に立ち寄るなんてことにもならないであろう。パーフェクトな選択に思われた。

プロポーズから結婚式までほぼ丸一年を要したが、その間は彼女の「発作」もかなり数を減らしたように思えた。おそらくあまりにイベントが目白押しでそれどころではなかったからだろう。新婚旅行はサイパンに行った。彼女はヨーロッパに行きたかったようだが予算的にも休暇の日数的にも無理だった。南の島でのんびりしたいという僕の希望が受け入れられた――彼女に言わせれば、結婚式については全面的に彼女側の要望が通る形になったので、旅行については僕の意見が採用されてしかるべき、だそうだ。

そして僕らは冬が訪れるとほぼ同時に無事に新生活をスタートさせたのだった。

5

風呂から上がった後、見晴らしの良い窓際に置いてある椅子に腰掛け、缶ビールのプルタブを開けた。ゴクリとひと口、飲む。

心地よい風が入ってくる。

一年で最も日が長い時期、空はわずかにまだ夜の色に染まりきっていない。土曜の夜だ。

開けっ放しの窓から賑やかな——というより騒々しい——歓声が聞こえてくる。サッカーの試合がある日はいつものことだ。もう三年目、等々力（とどろき）のスタジアムの騒音にもすっかり慣れた。

二人の新居を探していたタイミングでは試合のある日にあたらなかったのだろう。もちろん等々力陸上競技場がすぐ近くにあるということは理解していたが、正直ここまでとは思わなかった。

ちなみに僕も彩香もサッカーにはまったく興味がない。

結婚生活を始めてからの最初のサッカーシーズンが始まった時（しかもその年は日

韓でワールドカップが開催されるとかでやけにサッカーが盛り上がっていた）には、部屋の外に轟く騒音にいったい何事が起きているのかと思ったし、当初は真剣に引っ越も検討したが、そのうちにどうでもよくなった。寝る時には音は止んでいるから。

住めば都とはよく言ったもので、僕らはこの街のことをとても気に入っていた。新丸子に急行は停まらないが、駅の近くには意外にいろんな店が充実している。ふらっと足を踏み入れた料理屋で日曜の午後のまだ明るいうちに、二人でちょっとアルコールをひっかけたりとかもできたりする。僕らはマンションから数分の場所にある等々力緑地にちょくちょく散歩に行くし、気が向けば多摩川の川縁を歩いたりもする。ちょっと大きめの買い物をしたければ電車で渋谷にも横浜にも気軽に出ることができるし、武蔵小杉駅も徒歩圏ではあるから、南武線で川崎や（僕の実家のある）溝の口にも行きやすい――とはいえ僕は滅多に実家には帰ることはなかった。盆と正月に二人でちょっと顔を出す程度。そして彼女の実家へも同じようなものだった。行けば義父母は僕らを大歓迎したが彼女は長居するのを嫌がった。

僕らは毎朝一緒に出勤し、夜は僕だけが残業で遅い時間に帰った。

仕事上のことを別にすれば、まったくの平穏な日々の連続だった――概ね。僕らはとても仲良くやっていたし、彼女の「発作」についても、その存在自体を僕は忘れてしまうほどだった。たまに夜遅くに帰宅した僕が彼女の目に泣き跡を発見することがあったが、レンタルのＤＶＤでドラマを見ていて泣いたのだと彼女は主張した。

　一緒に暮らしてみると相手の意外な面に悩まされたりする、なんて話をよく耳にするが、僕らの場合はお互いに困るようなことはなにひとつなかった。実家の影響なのか、彼女は金銭面については鷹揚だったが、共働きなのでさほど問題にはならなかった。それと、彼女は極度の平等主義で、家事とかはそれぞれの得意なことを踏まえて公平に割り当てることにこだわった。まあ、僕の両親も共働きだったのでそのあたりは違和感なく僕は受け入れた。それから、ハサミとか爪切りとかは出した人が必ず仕舞わないとならず、僕が放置しているのを見つけると彼女は怒り出した。あと、彼女はカレンダーイベントをとても重視した。二人の誕生日やクリスマスなどはもちろん、もっとマイナーな、例えばサン・ジョルディの日に本を贈るだとか、五月五日に菖蒲湯に入るなんてことも。

　ま、なんにしても僕は融通が利くほうでもあるので、基本的に彼女のやりたいような生活スタイルに合わせることができた。

　あるとき、義父母が一週間ほど海外旅行に行ったことがあった。その間、彼女の実家の車を使ってもいいという話が舞い込んできた。シルバーのベンツである。せっかくだから僕らも数日休みをとって旅行に行くことにした。

　実は僕も彼女も運転免許を持っている。二人ともペーパードライバーなわけだが

——なお、僕の実家の車は自営業の父が仕事で使うやつなので土日でも借りることはできなかった。そもそも彼女を乗せてドライブに連れて行きたくなるような車じゃないし。

季節は夏の終わり頃だった。僕たちは志賀高原に行くことにした。彼女が学生時代にサークルの合宿で行ったことがあるという理由でそこが行き先に選ばれた。

ベンツは快適だった。ただ二人とも運転には余裕がなかった——交代で運転したわけだが——自分が運転している時よりも助手席に座っている時のほうが怖かった。

「少しくらい擦っても大丈夫。そのために保険に入ってんだから」と彼女は言ったが、僕としては義父母の車に傷をつけて返すわけにはいかない。結構、冷や汗もののシーンがあった。ベンツの性能に助けられた、という面もあったかもしれない。

なんにせよ僕らは無事に旅行から帰ってきた。部屋に戻ると緊張の糸が切れたのか、二人とも食事もせずに十二時間ぶっ続けで寝てしまった。翌日が日曜日だったので助かった。

そんな感じに僕らは思い出を積み重ねていた。

つい最近のことだが、一度だけ、ひどい喧嘩をした。いや、喧嘩というか、一方的に彼女がひどく機嫌を損ねた、と言うべきか。

仕事から帰宅すると部屋が真っ暗だった。コンビニに買い物にでも出てるのかな、と思いつつ、僕は電気を点けた。

彼女はソファの上で膝を抱えて座っていた。一瞬、そこで居眠りをしていたのだろう、と僕は思ったが、彼女の目は開いていた。それも、今、目が覚めました、という風情ではない。

僕は自分の心拍数が急上昇するのを感じたが、努めてさりげない感じに彼女のそばまで行き、声をかけた。彼女は反応しない。そっと隣に座り、その背中に手を回したが、彼女の体は固く僕を拒絶した。

それから散々手を尽くして、僕の聞けた言葉は、

「達也はいつも私のことをわかったような顔をしているけど、ちっとも私のことがわかってない」

というものだった。

困ったことに、僕にはなぜ彼女が急にそのようなことを言い出すに至ったかについて、まったく心当たりがなかった。

そっとしておく以外に手の打ちようがなかった。

夕食の準備もされてなかった（普段は彼女が用意してくれている）ので、僕はとりあえずスパゲッティを茹でた。食べるかどうかを彼女に訊いても返事はなかった。僕は彼女の分も用意し、皿に盛り付け、テーブルに並べた。声をかけると彼女は黙って

テーブルについて、食事を平らげた。

翌日も朝からずっと彼女は口をきいてくれなかった（それでも一緒に通勤はした）。帰宅後もしかりである——さすがに部屋の電気は点いていたが。

食事は二人分の弁当が買ってあった。僕にはスタミナ弁当大盛り、みたいな、やけにボリューミーなものが用意されていた。僕は決して大飯食らいなほうではないのだけれども。頑張って完食した。

依然として彼女は口をきかないままだ。僕はなるべく普段通りに振る舞った。何事もないかのように。苛ついたり声を荒げたりしたところで事態の解決にはつながらない。なんとか彼女と普通に会話のできる雰囲気を作ろうとしたのだが、彼女は一向に口を開こうとはしなかった。

ところが寝る段になると彼女は僕を求めてきた。

僕はいつにもまして彼女を優しく扱った。が、彼女のほうは逆に普段よりも激しく反応した。

そのつもりがなかったので手元に避妊具を用意しておらず、僕は途中でそれを取りにいくためにベッドを出ようとしたのだが、彼女は僕を放さなかった——。

翌朝、彼女は普段通りに戻っていた。僕にはなにがなんだかわからなかったが、とりあえず素直にその状況を受け入れた。

　そしてそれ以来、避妊具を使わないというのが暗黙のルールとなった。つまるところ彼女は子供が欲しくなったということなのだろうか。それならそう言えばいいのに、と思わないでもない。結婚するときの話し合いでは、子供はまだ先でいいし、自分は働きたい、というのが彼女の意見だった。当時はまだ収入も少なかったし、共働きしか選択肢はなかったが、なんにしても僕は彼女の希望を尊重するつもりだったし、それは今も変わりない。子供が欲しいのであればそう相談があってしかるべきだとは思う。それがないということはつまり、彼女は自分でもわからないのかもしれない、自分がいったいどうしたいのかを――とはいえその後も彼女は妊娠しなかったし、繰り返すうちになんとなく僕はそういう心配は必要ないんじゃないかというような気になっていた。

　そして日々は平穏に過ぎていった。

　窓からの風が心地よい――。

　スタジアムからの歓声をBGMに僕は二本目のビールを開ける。ちょうど風呂から上がってきた彩香が僕の腰掛けている椅子の背後にまわり、僕の手から缶を取り上げた。そしてそれをグビッとばかりに飲む。

　そのまま彼女は背後から僕の首に両腕を回した。風呂上がりの熱い体が密着した。彼女は僕の耳元でささやく。

「今日が何の日だか知ってる？」

僕は頭をフル回転させる。だが今日が何の日なのかはわからない。

「んー、ごめん。わからない」

彼女は腕を僕の首に回したまま、ぐるりと僕の正面に回った。そして僕の太腿の上に跨がった。彼女は腕に力を入れ、腰を密接させた。顔を僕の真正面に据えたまま。

「五年前の今日、私たちは初めて会話したの。それから達也は私を家まで送ってくれた」

「ああ……」

そういえばこんな時期だったかもしれない。彼女が日付までは覚えていたことは意外でしかなかったが。

「でもそれよりももっと特別な日にしたいの、今日を。未来の私たちから見たときに」

彼女はそんな不思議なことを言った。僕はそれについての疑問を口にしたかったが、それより先に彼女の唇が僕の口を塞いだ。

彩香が懐妊を告げたのはそれからしばらく経った後の夏の真っ盛りの頃だった。

もちろん僕は喜んだ。自分が父親になるということについてはまったく実感が湧かなかったが。

彼女自身はどうだったのだろう。

その眼差しの中にひっそりとした決意のようなものが見えるような気がした。むろんそれは喜びを基調としたものであったが、それまでのどこかに幼さを残していたかのような顔つきから、一歩、大人になったとでもいうか。

僕は彼女に置いて行かれてしまうかのような寂しさを微かに感じた。

その時に僕の感じた予兆のようなものを裏付けるかのように、それからの彼女はとても美しくなった。もちろんそれは化粧とかファッションの話ではない。内面から滲み出る美しさの話である。

正直に言えば、僕はそれまで彼女のことを美しいと感じたことは一度もなかった——結婚式の時でさえ。

彼女のことが誇らしかった。

妊娠が判明してからちょうどすぐにお盆休みに突入したので、僕らはそれぞれの実家に行って直接に妊娠を報告した。結婚すると告げた時には喜びよりも明らかに不安が先行している顔つきだった僕の両親でさえ、手放しで喜んだ。ま、妹は「アンタに父親が務まるのか」とでも言いたげではあったが。そして、一番に喜んだのはやはり彼女の両親だった。彼らが嬉しそうにするのを見て、僕はようやく二人に対して親近感のようなものを抱くことができた。

義父母からはしばらくして帯とご祝儀が送られてきた。どうもそういうことをする日本古来のしきたりがあるらしい。彩香の意向もあったとはいえ彼らは結婚の時はキリスト教式を推してきたのだからいい加減なものである。ようするに娘と初孫のためになにかをしたいだけなのだろう。

この期間、一日一日が穏やかなものになるよう僕は心を砕いた。彼女はあまり表には出さなかったが体調的には辛いものがあったようだ。

食べられるものもかなり限定されてきて（正確には、彼女が食欲を覚える対象が限定されてきた、と言うべきか）、僕が深夜営業のスーパーにダッシュする羽目になることもあった。一時期は仕事も休みがちとなるほどだったが、そのうちに落ち着いてきた。

そして次第に彼女の腹はそれとわかるほど膨れていった。

その年が暮れ、新しい年が明けた。

産休入りを翌月に控え、僕らはついに携帯電話を購入することにした。いざ、という時にどんな状況でもすぐにお互いに連絡がつくようにしたいからだ。

二人でショップに行ってお揃いの二つ折り携帯を購入した。色違いである。

ついでに買い物をした。必要なものはこれまでにもちょこちょこと買ってきているが、これで概ね揃った感じだろう。ベビーベッドなどはレンタルを申し込んである。

準備は整った。

　産休中、彼女は実家に帰ることになっている。一抹の不安はよぎるものの、もうずっと彼女は「発作」を起こしていない。まあ心配はいらないだろう。義母がそばにいてくれることになるわけだし。

6

　洗濯物を干し終えて電話を手に取った。履歴画面のリストの一番上から発信する。今のところこの携帯は彩香との通話にしか使っていない。

「もしもし」

「達也？」普段通りの彼女の声。

「うん。今からそっちに行くけど、なんか買ってきて欲しいものとかある？」

「あ、ちょっと待って」

　ガサゴソいう音のあとに、「おかあさん、今から達也が来るって。お昼、どうする？」と彼女が大声で訊いているのがオフマイクで聞こえた。義母は離れたところにいるのだろう、その返事の内容までは聞き取れなかった。

　再びガソゴソ音。

「ごめん。じゃあ、三人分のお弁当、買ってきてくれる？　なんでもいいから適当に。達也と私と母さんの分ね。父さんは出かけてるから」

「オーケー。買ってく」

「じゃあね、待ってる」

電話を切った。

今月から彼女は産休に入り、実家に帰っている。その後の初の週末がようやく訪れた。ほんの四日間だけだったというのに、彼女の不在は僕にとって大きなストレスをもたらした。一日千秋の思いで週末を待っていたと言って過言ではない——もちろん今の電話ではそんなそぶりをまったく表に出さなかったのだが。

産休の最初の日、僕は仕事を休めなかった。義父が車で迎えにきて必要なものはすべて運んでくれることになった。その日、僕が家に帰ると、当然彼女はおらず、暖房も入っていないから部屋は寒かった。

僕はコートも脱がずに、ソファにどさっと腰掛けた。

考えてみれば僕は一人暮らしをしたことがないのだった。

彼女がいない間、いっそ僕も自分の実家に帰るという手も思い浮かんだが、それを実行するという気にはならないでいた。

せめて部屋で好き勝手をやってみるか、などと思い、ずるずるとその場に倒れるように横になった。ちっちゃなソファなので体を伸ばして寝れはしないのだが。それに僕がソファを占拠しようとすると彼女がいつも文句を言ってくる。

——もう、そこ、私の座る場所！

彼女の不在がより強く感じられることとなった。

そんな感じに僕にとっての産休期間がスタートしたのだった。彼女は、せっかくだから羽を伸ばしたら、などと冗談まじりに言っていたが、僕にはとてもこの生活を楽しめそうには思えなかった。


玄関を出てドアに鍵をかけ、慣れた道を駅へ。ホームのいつもの場所に立ち、電車を待つ。

やってきた電車はもちろん通勤電車のような混雑はしておらず、乗っている客層も平日とはまったく異なっていた。別に休日の電車に乗るのが珍しいというわけでもないのに何だか違和感があるのは、自分がひとりで乗っているということに対してか。

自由が丘に到着し、僕は電車を降りた。高架のホームから階段を下りて、大井町線のホームの電光掲示板を見上げる。次の電車は『二子玉川』行き。

――ああ、そうだよな。今は『二子玉川』なんだ、『二子玉川園』でなく。

いつだったか駅名が変わったという話は耳にはしていたが、自分にとっては通過するだけの駅でしかないのでほとんどそれを意識するチャンスがなかった。まだ僕らが付き合う前、ＴＤＬに行くべく舞浜駅で待ち合わせしていた時に、なくなった二子玉川園の話を彼女と交わした記憶がある。あの頃はまだ駅名だけは『二子玉川園』のままだった。

そういえばその後、向ヶ丘遊園も廃園となったのだ。

時の流れを感じる。物事は変わっていく。自分だけ取り残されたような気分になる。

何分か待たされた後、大井町線の短い電車に乗り込んだ。ドアの脇に立ち、窓の外に目を向けた。電車が動き出す。住宅街の続く風景が流れていく。点滅する踏切。降りたバーの前で電車の通過を待つ自動車の列を眺め、ふと、思った——もし車で行ってたなら、もうとっくに彼女の元に着いているかもしれない——。

自分の車があればいいな、と、このとき初めて僕は思った。

自動車を所有することなどこれまで考えたこともなかった。でも決して手の届かないものではないのだ。職場の同僚なんかはよく自分らの車のことを休憩時の話題にしているし。ましてや赤ん坊が産まれるのなら車はあったほうが便利に決まっている。

僕は窓の外に見える様々の自動車——道路を走っていたり駐車場に停まっていたり——を眺めながら考えを巡らせる。中古ならば車両の代金は貯金から捻出できるだろう。むしろ問題はランニングコストだな……。最大の問題はウチの近くに手頃な駐車場が見つかるかどうか、か。

考えているうちに二子玉川に到着。僕は階段を下りて上って、渋谷方面行きの田園都市線のホームに出て電車を待つ。

高架の吹きさらしなので寒さを感じた。眼下に多摩川の河原が見えた。婚約前にデートでその場を散策したことを思い出す。あれは夏の夕方だったか。僕ら以外にもカップルがそこかしこにいた。今は犬の散歩をしている老婦人がひとり見えるばかりだ。

線路のすぐ脇を平行に走る道路——川に掛かる世田谷区と川崎市を繋ぐ橋——は双方向とも車で混雑していた。眺めながら、僕は何か、言葉にできないモヤモヤとした概念が自分の意識下を蠢（うごめ）いているような感触がして、少しぼうっとしてしまう。

ホームに滑り込んできた電車に我に返った。

乗り込んだ電車が動き出し、高架から一気に地下へ。すぐに次の駅、用賀に到着。改札を出て、駅ビル内の京樽で昼飯を調達してから地上に出た。かつてその名字を知ったばかりの彼女を送っていった道を辿る。もはや慣れた道ではある。だがここを一人で歩くのは、その彼女を送った時の帰り道以来だ。あの時から今までに実に様々なことがあった。僕はまったく予想だにしていなかった未来に連れてこられた。いや、自らそれを選んだのだ。

わからない。それは果たして自分の意思だったのだろうか。

選択したのが自分自身であることは間違いないが、僕は単に条件反射的にそうしただけだったのではないだろうか。実際には僕を取り囲む条件がそれを選ばせた、つまり僕は状況に従っただけ。条件が揃った段階で、僕が何を選ぶかなど決まっていたのだ――。

ああ、なぜ僕はこんなことを考えているのだろう。

選んだのが僕の意思だったかどうかなど関係ない。

結果を受け入れるかどうかだけが問題だ。

そうだ。人は自分に降りかかる偶然――あるいは、運命――をコントロールすることなどできない。できるのは、結果を受け入れるか、受け入れないか。


玄関に出たのは義母だった――さすがに僕は義実家の合鍵は持っていない。したがって呼び鈴を押して中に入れてもらうしかない。

「まあ、お使いさせてしまって、申し訳ございません」

義母はそう言って僕が手にぶら下げていた京樽の袋を受け取った。僕は、勝手知ったるなんとやら、という感じでリビングに向かう。

彼女は長いソファの真ん中に腰掛けていた――そこが実家に行ったときの彼女の定位置である。

「達也、お久しぶり」

僕を見上げた彼女は笑いながらそう言った。もちろん冗談のつもりだろう。

「四日ぶりだな」

僕も冗談風に返す。それは事実でもあったのだが。

結婚して以来、三年以上も毎日顔をつき合わせていたわけだから、四日も会わないなどということがどれだけ大事であるのか、僕と彼女の間でしか理解し得ない話である。

僕は彼女の隣に座った。

「触ってみて。さっきまでガンガンに蹴ってたのよ」

彼女は僕の手を取って、自分のその大きな腹に当てさせた。

「ほーら、パパの手だよぉ」

それはまだ本気で赤子に語りかけているというよりは、単にフザけて言っただけ、という調子の声だった。

腹から動きは感じられなかった。

少し待って僕は手を引っ込めた。

そのままソファの上の彼女の手を握る。

彼女は握り返してくる。その力が少し抜けている気がした。僕は彼女の顔を見やる。なんていうか——、いや、なんだろう——、わからない。いつもとは少し違う彼女の表情。やはり実家にずっといれば、それなりにモードが変わってくるのだろう。いつもよりもリラックスしているということであればいいのだが。

その眼差しに、一瞬、影のようなものを見た気がするのは、僕の思い過ごしだろうか。

握る手にちょっとだけ力を入れた。彼女は特に反応しない。二人きりだったら抱きしめたいところだった。いや、この際、やってしまうか、義母がこないうちに――。などと考えていると、まさに義母がリビングにやってきた。両手で持つトレイの上にコーヒーカップが載っている。それが僕の座るソファの前のローテーブルの上にコトリと置かれた。

「すいません、ありがとうございます」

僕は頭を下げた。

「お仕事のほうはいかがですか」

そう言いながら義母はローテーブル脇の籐の椅子に腰掛ける。

「特に変わりないですね、相変わらず忙しいです」

単なる言葉のキャッチボール。

「ちゃんとご飯は食べていらっしゃるの？」

その義母の問いに、彩香も僕に顔を向けた。

「ええ、まあ、スーパーの弁当ばかりですが」

僕が答えると、彩香は視線を落とした。

「なんなら達也さんもしばらくこちらに住まわれたらいかがですか。客間が空いておりますし」

そう義母は言い、彩香は顔を上げて再び僕を見た。

「ハハッ……、そうですねぇ。でも、ほら、僕は夜、遅いんで」

「あら、そんなこと、気になさらないでいいんですよ、ご自分の家と同じように思っていただければ」

「ありがとうございます。でも僕が遅く帰ってくれば彩香の生活パターンも乱れちゃうでしょうし。そしたらせっかくこちらでお世話になっている意味がありません」

「それはそうかもしれませんわね」

義母は答えた。そもそも本気で僕をこの家に滞在させるつもりがあったのだろうか、と僕は考える。思いつきを口にしただけだろう。しかしそこに彩香が口を挟んできた。

「遠慮しなくていいじゃん。私は大丈夫だし」

「そうは言ってもなあ……。着替えとか、大変じゃん——スーツとかさ、持ってくるの？　全部？」

彼女は少し考える表情になる。

「じゃあさ、週末だけでも泊まっていきなよ」

「ああ……」曖昧な声が僕の口から出た。

断る理由を探している自分に気付く。思い浮かべているのは義父のことである。家の中でも大声で話し、なにかと周辺に怒りを撒き散らすタイプの人物。未だに彼のことは苦手だった。やはり最初の接触の時のインパクトが強い——根に持っているというわけではないのだけども。

「いいじゃない。遠慮しないで」

彼女が畳み掛ける。僕としても彼女と一緒にいたい——二人きりならば。

「そうだなあ……、そうしようかなあ……」

我ながら歯切れが悪い。僕の手を握る彼女の指先に力が加わった。

「じゃ決まり。お母さん、達也今日泊まるからね」

「えっ、でも今日はなんの用意もしてないんだけど」

僕は慌て気味に言う。

「大丈夫でしょ、あとで替えの下着と寝巻きだけ買いに行こ。散歩がてらに。私も少し体を動かすように言われてるから」

さっきまでよりも生き生きとした様子を示す彼女を見て、それならば僕も多少の我慢をしてでもここで週末を過ごす意味はあるかな、と考えた。

義父の晩酌に付き合わされ、ようやく解放された僕は、彩香におやすみを言って、自分にあてがわれた部屋に入った。この家唯一の和室である。すでに畳の上には布団が敷かれていた。

エアコンはついていたが、空気はひんやりしていた。どうせ寝るだけだから構わない。僕はすぐに電気を消して布団に潜り込んだ。

しばらくしてそっと襖の開かれる気配があった。僕は首だけを動かして確かめる。すでに暗闇に目が慣れていたので、入ってきたのが彼女であることは瞬時にわかった。

僕は起き上がらなかった。

彼女は枕元に一旦しゃがんだ。布団に入ってこようとする様子を示すので、僕は寝転んだまま布団を持ち上げ、体を端によけて彼女のためのスペースを作った。彼女はよっこらせという感じに布団の上に座り、それから僕に背を向ける形に身を横たえた。その間に僕は自分の使っていた枕を彼女の頭のくるあたりにずらし、自分は横向きに肘枕のポーズになった。

彼女の体を覆うように布団を戻し、僕は彼女の背中にピタリと体を寄せた。空いている右手を彼女の大きなお腹に回した。その上に彼女は自分の手を添える。

二人とも何も言わなかった。

酒の入っていたこともあり、僕は割とすぐにそのまま眠ってしまって、朝まで目は覚めなかった。彼女がいつ布団から出て行ったのかわからない。

その後、出産のために彼女が入院していたタイミングを除き、僕は土日のほとんどの時間を山下家で過ごすこととなり、それは彼女が赤子と共に僕らのマンションに戻ってくる日まで続いた。

新丸子と用賀を電車で行き来するたびに車の購入のことを考えたが、土日を用賀で過ごしていたために駐車場を探せなかった。やはり優先順位としては彼女との時間を取ることとなる。

ただ、車の購入を考えていることは彼女と義父母には話した。もちろん異論などは出なかった。義父母などは、むしろなぜ今まで車を持たずにいたのか、というくらいの態度だった。金銭の心配などない彼らとしては当然の反応だろう。

7

産まれたのは女の子だった。

僕はひと目でその子に恋をした。何故だろう、これまで僕は赤ん坊を見て可愛いなどと思ったことはなかったのに。自分の遺伝子を受け継いだ赤子を保護させるための、生き物としての本能的なスイッチとでも呼ぶべきものがオンになったのだろうか。

「目元があなたにそっくり」

彩香はそう言った。僕にはよくわからなかった。

赤子は流花（るか）と名付けられた。

彼女の発案である。西洋ではルカというのは男性の名前なのだが、と僕が内心に思ったことは口に出さなかった。彼女が気に入った名前にするのが一番だろう。

退院してきた母子は山下家の客間を寝所にすることになった。彼女の本来の部屋は物が多すぎて赤ん坊が過ごすには適していないという判断だった。彼女の部屋には僕ですら数回しか――しかも時間的には一分未満――入ったことがない。まあ、おそらくあの部屋は彼女が中学生くらいの頃からのままの状態なのだろう。確かにそこで赤ん坊とすごすような雰囲気ではなかった。ということで、僕が山下家を訪問している時には親子三人で客間を占拠する形となった。

ちょうどその頃に桜の季節がやってきて、僕らはスリングに入った流花と一緒に桜並木の下を散策した。遊歩道の脇の、コポコポと音を立てる水路——用賀駅から世田谷美術館を結ぶノスタルジックな感じに整備された道の——を、散った花びらが流れていく。まさに流花の名前のごとくだね、と僕らは笑顔を交わした。

桜が散りきる頃、母子は新丸子のマンションに引っ越してきた。義父の車に乗せられてきた二人を僕はマンションの建物の前で迎えた。

僕らの新しい生活がスタートした。

すべては順調に推移していった。流花は日に日に大きくなっていったし、彩香は母親らしく振る舞っていた。僕も仕事に精を出した。そして懸案にも取り掛かる。車を所有するという件である。まずは駐車場から。すでにウチの近隣の月極駐車場の相場はネット検索で調べてあり、ランニングコストを含めた予算を組んである。子育てにかかる費用も考えるとやや苦しい感じにはなるが、この春にちょうど僕は会社で副主任に昇格したこともあって給与もグッと上がっていたので、まあ大丈夫だろうと判断していた。

駐車場——近所にいくつかある月極の駐車場の管理会社らに問い合わせようと考え

ていた。ロケーション的にウチから便利そうな順に空きがあるかどうか尋ねてみて、料金的に折り合えばそこに決めてしまう流れだろう。

ところで僕らの住むマンションにも駐車場はあった。だが部屋数に比べてかなり手狭な印象である。当然そこの契約はすべて埋まっているだろうと思われた。が、最初に僕はダメ元でウチを管理している不動産屋に出向いて相談してみることにした。

なんと意外にもひとつ空きがあるという返事だった。

ただしそこにはちょっとした条件があるという。通常のところよりも奥行が狭くなっているため、軽自動車でないと停められないらしい。

軽自動車か――。まったく考えてもいなかった。実のところ僕は軽自動車には乗ってみたことすらなかったので、なんとも判断がつかなかった。いったん話を持ち帰ることにした。

帰り際にマンション横の駐車場に寄ってみた。不動産屋から教わった番号のところを確かめる。一番端っこである。なるほど確かに普通の車を停めるには少し狭い。だがそれ以外に問題があるようには見えなかった。

部屋に戻り、彩香とも相談した。彼女も僕同様、軽自動車に乗ったことがないとのことだったが、特に反対意見はなかった――いいんじゃない、軽自動車。女の人でも取り回しがしやすいって言うじゃない――。

さらにネットでも調べてみた。自動車税が安いというメリットがあることがわかった。もちろん、車内が狭いとか、パワーが足りないみたいなデメリットもあるわけだが、僕らにとってはほとんど問題にもならないと思われた。そして車両自体も安い――いいことずくめじゃないか。

いちおう一晩おいて考えてみた。翌朝になっても気は変わらなかったので、僕は再び不動産屋に足を運び、駐車場の賃貸契約を結んだ。

さっそく車選びに入る。当初は中古を買うつもりだったのだが、ネットで調べるうちに、軽にするならば新車でいいのでは、という気がしてきた。新車でも予算の範囲に収まる。

彼女と一緒にウェブをいろいろと見てみたが、どうやら彼女のこだわりは車両の色だけのようだった。中古だと色は選べない。新車で行こう、という結論になった。ネットのカタログを見比べて車種を二つにまで絞り込んで、その日のうちに僕らは一緒にディーラーを回った。どちらも店が結構、辺鄙なところにあるのでタクシーで行った。流花もいるので歩きではちょっと無理だ。帰りはどちらもディーラーが家まで送ってくれた。

店では試乗を勧められたが、赤ん坊がいるので運転席に座ってみるだけにした。僕としてはどちらの車種も大した違いはなかった。カタログをもらって帰った。

部屋に戻ってから彼女と意見を交換した。僕はどちらの車種でも問題ないと言い、彼女は後に見たほうのが見た目が可愛かったと主張した。というわけで決まった。次の週末に買いに行こう、という話にする。

翌日、仕事中の僕の携帯に着信があった。彼女からである。

なんでも件（くだん）のディーラーの営業マンがウチにやってきているそうである。買うつもりになっていた車種のほうのディーラーだ。契約を進めてもいいかと彼女が訊くので僕は承諾した。いったん電話を切ると、数分後に再びそれが鳴った。車に装着するオプションについてだった。カーナビをつけるかどうかを訊かれた。あまり必要性を感じなかったが、好きにして構わないと告げた。オーケー、じゃあ、つけとくわ――。

夜、ウチに帰ってテーブルの上に置いてあった発注書の写しを見た。ちょっと予算オーバーだったが、許容範囲ではあった。意外にカーナビが高い。

寝る段になって、僕らはどちらからともなくお互いを求め合った。出産後、初めてのことだった。ちゃんと避妊はした。

G W（ゴールデンウィーク）が明けた頃、薄いピンク色のピカピカな新車が納車された。

流花を抱っこする彩香と並んで、駐車場の端に停められた車を眺めた。

名前が要る、と彼女が言い出したのが僕には最初、何の話だかわからなかった。つまり僕らの車に名前をつけないとならない、と彼女は主張したのだ。そしてこう続けた。

「そうね……、『マイカ』でどお?」

マイカーだけに――と頭に浮かんだ台詞を封じ込めて僕は返す。

「んー、いいんじゃない。マイカ。彩香、流花に、マイカ」

「パパだけ仲間はずれみたいでちゅね～」

彼女は流花に向けて言った。もちろん流花はそれには反応しない。

僕らは早速、少しドライブしてみることにした。

僕が運転席に座り、彼女は流花を抱っこしたまま助手席に座った。ベビーシートのレンタルは申し込んであるのだがまだ届いていない。

そろりと車を発進させた。とりあえず多摩川沿いの道路に出て、北上する。

「あんまり遠くには行かないでね。流花のもの、何も持ってきてないから」

彼女は言った。

多摩川沿いをまっすぐに進んだ。車は快調だ。少し行くと、すぐに川の向かい側に二子玉川の駅が見えてきた。時計を見ていなかったが、体感的には五分もかかっていない感じである。

「車だとあっという間だな。二子玉川(ニコタマ)」

「ほんとね」

彼女の実家にどれだけ早く着くかを確かめてみたいという考えもよぎったが、それは頭から追い払った。

さらにまっすぐ進む。走ってきた道路が川沿いを少し離れ、別な道路に合流する形になっている交差点で左折し、引き返すことにする。南下して、東名の高架をくぐって府中街道に出、さらに南下。国道246号の下をくぐり、高津駅の横を通過。第三京浜もくぐる。ひたすらまっすぐ。

無事に戻ってきた。流花はドライブ中、ずっと寝ていた。

それ以来、僕らは、天気が悪くない限りは休みの日にドライブに出かけるようになった。

有料の駐車場が設置されているような大きな公園によく行った。そんな公園にはたいてい芝生の広場があり、そこでシートを広げて親子三人で寛ぐのが定番の過ごし方となった。

そうこうしている間にも流花はどんどんと成長していった。

平日、彩香は流花をマイカに乗せて実家に通っているという。それを聞いて僕はちょっと不安な気分を覚える。でもすぐにそれを心の中で打ち消す。彼女としても部屋で0歳児と二人きりでいるよりも子育ての経験のある義母がそばに居てくれたほうがなにかと安心だろう——。
　彼女にかつてのような不安定なところは一切なかった。

　流花は手のかからない赤ん坊だった。いや、もちろん僕は一般的に赤ん坊にはどれくらいの手がかかるものなのか知るはずもないのだけど、少なくともよく耳にするような大変な話——夜泣きが酷い、とか——は全くと言っていいほどなかった。流花は成長曲線を外れることもなかった。ただ、あえて言うと、おすわりができるようになるのだけは何故だか遅かった。僕らはそのことを特に心配はしなかったが、事実としては受け止めていた。その後、突然に流花はおすわりができるようになり、それからすぐにハイハイ、つかまり立ちへと進んだ。ひとり歩きができるようになったのは平均よりもむしろ早かった。

　一度だけ、冷や汗をかく思いをしたのは、流花が一歳になる少し前のことだった。

　その日、朝から流花は少しぐったりした様子だった。それでも食欲はあるようだったが、離乳食を食べて少しすると全部を吐いてしまった。朝に測った時にはほぼ平熱だった体温が、もう抱っこしただけでそれとわかるほど高熱となっていた。悪いことにその日は日曜だった。当然、かかりつけの病院は開いていない。救急病院に駆け込むべきかどうか迷った。

ネットで探してみると、たまプラーザ（横浜市）のほうに日曜日にも診療している小児科の医院があった。僕らはマイカに乗ってその病院に向かった。途中、意外に道路が混んでいて診療受付時間に間に合うかどうか微妙な感じになってきた。彼女は携帯で病院に電話して状況を説明した。病院側は、多少は受付時間を過ぎても待ってくれると言ってくれたが、どれだけ待ってくれるのかは明言しなかった。

混んでいる道路に焦りだけを募らせた。流花は完全にぐったりとしている。彩香は泣きそうな表情ではあったが、実際に泣きはしなかった。

結局、到着した時には受付終了時間を過ぎていた。車を停める場所が空いてないので、病院前で彼女と流花だけが降りて建物内にダッシュした。僕はコインパーキングを求めて彷徨った。

無事に診察はしてもらえて、ノロウイルスに感染しているという診断が下った。水分補給とかをちゃんとできれば心配はいらず、じきによくなるとのことだった。

僕らは胸を撫で下ろした。

彩香の育休期間終了後のことも考えないとならなかった。

復職するのであれば、流花をどこかに預ける必要がある。保育園を探すか、あるいは、日中は彼女の実家に預かってもらうという案があった。ちなみに僕の両親は共に働いているのでそちらに預けるという選択肢はない。

彼女は近隣のいくつかの保育園を見て回ったようだ。

おそらく彼女は復職したいというのが本心なのだろう――僕はそう思った。

僕はこの件についてあまり口出しをしないようにしていた。内心では彼女には復職せずに家で流花の面倒を見てもらいたいと思っていた。保育園に空きがあるかはわからないし、義父母の家に流花を預けるのはまったく気が進まなかった――あの家にはどんよりとした空気を感じていた。彼らは娘（彩香の姉）を喪ったことでなにかを決定的に損ねてしまったのだ。それは同情すべき話ではあるが、僕としてはそんなところに流花を預けておきたくはない――。だが僕の意見で彩香の将来を左右させたくはなかった。それに彼女一人に育児を押し付けてしまうような形になるのも本意ではない。

「復職するのであれば僕は全面的に君をサポートするし、復職しないのであっても経済的にはやっていけるよう頑張る。どちらにしても僕は君の選択を尊重する。君の将来は君のものだし、君が思う通りの方向に進んで欲しいというのが僕の希望」

僕のその言葉に対し、彼女は、

「わかった」

とだけ言った。ちょっと不服そうではあった。

そう、僕は体よく自分の責任を回避したのだった。これは彼女だけの問題ではなく家族全体の問題なのだ。だから僕は僕の主張をすべきだった。必要ならとことん話し合うべきだったのだ、彼女に選択を一任させるのではなく。

彼女がひとりで悩んでいるのは空気で伝わってきたが、僕は何も言えなかった。

結局、彼女は退職を選んだ。

冬の間はドライブに出かけることもあまりなかったが、流花の誕生日が過ぎた頃から僕らは再びあちこちの公園を訪れるようになった。

広場に来ると流花は満面の笑みでよちよち歩きをした。それでたまにコケて大泣きした。彩香が駆け寄って流花を抱き上げ、なだめる。僕は寝転んだまま、それを眺めている。そんな休日に僕は喜びを感じていた。完璧な日々だった。これが人生における幸福というものなのだと僕は受け止めていた。

満開の桜の下で彩香のジーンズにつかまり立ちしている流花の笑顔のアップ――その写メが僕の携帯の待受だった。

その頃の僕は間違いなく人生で最高に幸せな状態だったし、おそらく彼女もそう感じていたに違いなかった。あるいはそのほんの短い期間に僕らは一生分の幸福を使い果たしてしまったのかもしれない。

8

梅雨がなかなか明けず、肌寒い日々が続いていた。にもかかわらずオフィスでは冷房が効きすぎているので僕は上着が手放せない。

仕事中に内ポケットの携帯の着メロが鳴った。取り出してみると、見知らぬ番号が表示されている。訝しみながら僕は電話に出た。

「もしもし」

「えー、シノハラタツヤ様でいらっしゃいますでしょうか」

男の声。なんだよ、セールスかなんかか。

「はい、そうですが」ぶっきらぼうに答える。

「世田谷警察署のものです。奥様とお子様のことで至急の連絡になります」

「はあ」

奥様とお子様って誰だ？　それが彩香と流花のことだというのが腹落ちするのに一瞬の間があった。

「奥様の運転する乗用車が交通事故に遭われまして――。お二人は病院に救急搬送されました」

「……」

頭の中が真っ白になった。この男は一体、何を喋っているのだろう。なんかのドラマの中の話だろうか――。

「病院名をお知らせします。メモをお取りいただけますか――」

僕の手が条件反射的に机の上のシャーペンを取った。その手で卓上のメモ用紙を手繰り寄せる。

「はい――どうぞ」機械的に言葉が僕の口を吐いて出た。

「××病院。電話は03-XXXX-XXXX。繰り返します。03-XXXX-XXXX」

僕は言われた通りにメモを取った。

「用賀の駅からタクシーで『××病院』とおっしゃっていただくのが確実で早いかもしれません。二階のナースステーションで病室を聞いてください。ウチのものが待っておりますので。ま、なるたけ早めに来ていただけるとありがたいです」

男が会話を切り上げようとする様子なので、僕の頭の中の何かが反応して問いを発した、慌てたように。

「あ、彩香と、る、流花は――。だ、大丈夫なんですか――?」

その問いに返事が来るまで、無限とも思える間があった。

「奥様は比較的軽傷で、意識もしっかりされています。お子様は——残念ですが。詳しくは直接にお目にかかってご説明します」

僕は電話を取り落としそうだった。気がつくと通話は切れていた。

椅子から立ち上がった——おそらく傍目には亡霊のように見えただろう——僕はそばにいた同僚に向かって告げた。

「妻と子供が交通事故に遭った。オレ、ちょっと行ってくる」

それに対して同僚らが口々になにかを言ったようだが、僕の耳には入っていなかった。鞄を引っ摑み、オフィスを後にした。

駅へと急ぎながら、頭の中では奇妙な思考が渦巻いていた——奥様とお子様、って言ってたけど、それって誰なん？　オレの知らない人かも。だって彩香は彩香であって奥様だなんて人じゃないし。流花は流花で、「お」とか「様」がつくような子じゃないし。きっとなにかの間違いだ、人違いだ、警察はなにかを勘違いしているんだ——。

電車に乗った。ガラガラである。

——なんでこんなに空いてるの？　ああ、まだ昼前だからか。なんでオレはこんな空いてる電車で帰ろうとしてるんだろう。あ、いや、帰るんじゃない、用賀に行くんだ。あれ、オレ、彩香の実家に用があるんだっけ……？

僕は鞄を抱えたままのポーズで、ただ座って電車に揺られ続けた。

用賀駅で降りた。つい、いつものように彩香の実家に足を向けかけてしまった。あ、タクシーに乗るんだっけ。でも、どこから——？

ここからタクシーに乗ったことがなかったので乗り場がどこにあるかわからなかった。少しウロウロとし、ようやく乗り場を見つけた。病院名を書いたメモをポケットに探したがどこにもなかった。そういえばメモした紙をどこかに仕舞った覚えもない。タクシーに乗り込んで耳に残っていた『××病院』という行き先を告げた。運転手は変な反応を示さなかったのでおそらく記憶は正しかったのだろうと推測した。

ワイパーが動いていた。どうやら小雨が降っているようだ。道ゆく人はほとんど傘などさしていないから、たった今、降り出したのだろうか。

タクシーは走った。見覚えのある景色。かつて僕らが散策した桜並木——。

ほんの五分ほどで病院についた。僕は料金を支払った。

大きな病院だった。その前に降り立った僕は妙に心臓がバックンバックンしている。なんでだろう——。

建物に入って、中を見回す。診察を待つ人たちのたくさんいる普通の病院だ。階段を見つけ、二階に上がった。頭の中では、なにかの間違い・人違い・会ってみればすぐになあんだって笑い話になる——という言葉が呪文のように繰り返されていた。

　ナースステーションのカウンターで「篠原彩香の家族のものですが」と告げてみた。「それはどなたでしょう?」という反応を期待していたが、すぐにカウンターの内側から若い看護師が出てきて、小走りに僕を先導し始めた。彼女についていくため僕は大股になって歩いた。

　部屋に案内された。看護師の開けた扉から僕は中に入った。

　そこにはベッドがひとつ。それと、隅に青いツナギ姿の男性が腰掛けていた。僕を認めて男は腰をあげたが、僕はそれを無視してベッドのそばに寄った。

　仰向けに横たわっていたのは彩香だった。

　その目は開かれていて、充血していた。茫然と天井を見ているようだ。いや、わからない。今、彼女の目には僕が映り込んでいるはずだが、反応がない。

「彩香……」

　僕は彼女の頬に触れた。その表面はパリパリしていた。涙が乾いた跡か――。

　ようやく彼女は僕に気付いたようだった。急速にその顔が歪み、真っ赤になった。

　僕はベッドの横に膝をついて顔を寄せた。両手で彼女の両側の肩をつかむような格好になった。

「る、流花は――?」

「うぅ、ダ、ダメだっ、たっ、て……」

最後のほうは嗚咽になっていた。その目から涙がボロボロとこぼれていくのを僕は目にした。

――嘘だろ、嘘と言ってくれ。そう言いたかったが言葉が出なかった。

泣き続ける彼女の頭をただ僕は撫でた、条件反射のように。かつてよく泣いた彼女を慰めた時と同じように。

少ししてようやく嗚咽が止み、彼女は泣き寝入りしたかのように時折ヒックヒックとなるだけになった。

警察のワッペンのついた青いツナギの男性が僕に、「少しよろしいですか」と小さく声をかけてきた。

「はい」

ちっともよろしくはなかったが立ち上がって僕はそう答えた。おそらく自分は表向き平静に見えているだろうな、と奇妙に自己分析していた。でも実際にはまったく心ここにあらずという状態だった。

「事故についてのご説明と、それと、ご遺体を引き取っていただくので、落ち着かれましたら署のほうにいらしてください」

男は片手で名刺を差し出した。

「私を呼び出していただければ」

「わかりました」

僕は（サラリーマンの性で）両手で名刺を受け取りながらそう返した。

男はどうやらそれを僕に伝えるためだけにここで待っていたようだ。そのまま部屋を出て行きかけたが、ドアのところで思い出したように振り向いて、僕にこう告げた。

「奥様のご両親にも連絡を差し上げたのですが、お留守のようで電話がつながりませんでした。後でご主人のほうから知らせてあげてください」

――知るか、そんなこと。

男はそっとドアを閉め、部屋には僕と彩香が取り残された。僕は完全に混乱していたし、事態を受け止められていなかった。

僕はベッドの横にあった丸椅子を引き寄せて彼女の枕元に腰掛けた。彼女は寝ているようだった。シーツの下に手を差し込んで、彼女の手を握ってみた。反応はなかったが、その手は熱かった。

そこでどれだけ時間が過ぎたのかわからない。途中で一度、看護師がやってきて彼女に繋がっている機器と点滴の様子をチェックしたが、すぐに無言で去っていった。

彼女は目を覚まさない。ふと僕は思った、点滴の中になにか彼女に睡眠を促す薬が入っているのかも。彼女を落ち着かせるために。

僕はよろよろと腰をあげた。

場所はわからないが調べる気にもならないので病院からタクシーに乗った——同じ区内ならそんなに遠くではあるまい。

「世田谷警察署までお願いします」

僕は運転手に告げた。

雨は降ってなかったし、道路も濡れていなかった。病院に向かうときの雨はすぐにやんだのだろう。空はどんよりと曇っている。僕は窓の外を眺めていたが、すぐにどっちの方向に車が進んでいるのかもわからなくなった。タクシーは知らない道を進んでいる。

通りをゆく車、歩道を歩く人々。なんでありふれた日常が続いているのだろう。なんで誰も大騒ぎしていないのだろう、なぜ世界は終わっていないのだろう。

流れていく風景を眺めながら、僕はそんなことを思っていた。もちろん答えはわかっていた——終わったのは僕の世界だけだからだ。

疲れたように思えて僕は目を閉じた。

そのまま少し眠ったのかもしれなかった。あるいは脳がフリーズしていたのか。気付くとタクシーは警察署の門の前に停まっていた。料金を払うと、財布にはもう小銭しか残らなかった。

僕はトボトボと警察署のエントランスに向かった。その建屋の前は駐車場になっていた。そこに停められた車両の間を歩く形となった。片隅に一台、交通事故を起こしてグチャグチャになった車両が（おそらくは一時的に）置かれていて、僕は普通にその後ろを通り過ぎかけたのだが、なにかが僕の足を止めさせた。

僕はゆっくりと振り返り、その事故車両を見た。軽自動車。もともと小さい車が事故により一層小さくなっていた。車両の片側はほとんど潰れ、残る半分もボディーはデコボコになっていて、元の塗装の色がほとんどわからないほどだった――だが、観察すればそれが薄いピンク色であったことがわかる。僕はひしゃげたそのナンバープレートを見た。

それはマイカだった。

変わり果てたその姿に僕は凍りついた。ダッシュボードのあたりにどす黒いシミがあった。血痕だった。事故の時に車内にいたであろう流花のことを思った。その瞬間、それまでは何に対しても無反応だった僕の目から、とたんに涙がドバドバと溢れ出した。

僕はその場に膝をついた。

「うわあああ！　うわあ！　うあっ！」

僕は慟哭した。頭を抱えた。自分を抑えられなかった。

立ち上がり、その場から逃げ出した。

エントランスに駆け込んだ。フロアに居合わせた誰もが一斉に僕を見た。無理もない、スーツ姿の男が声をあげて泣きながらドタドタと走って入ってきたのだ。僕は目についた壁際の長椅子に倒れ込むように腰掛けた。涙は流れ続け、息は切れ切れになっていたが、とりあえず声を出すのだけは抑え込むことができた。人々は僕から目を逸らし、それぞれの作業に戻った――なんかの手続きのための書類を記入していた人は再び記入台に向き直ったし、なんかの順番を待っている人は再び中空に視線を投げた――。

しゃくりあげがなかなか止まらなかった。

何分か、あるいは十数分かが過ぎて、ようやく僕の呼吸が落ち着いた。僕は立ち上がり、近くのカウンターに行った。もうその時には涙は止まっていたが、僕は顔を拭かなかったので自分がどんな顔になっているかはわからなかった。

「すいません、この人を訪ねてきたのですが」

窓口にいた女性に、さっきもらった名刺を見せた。女性は少し呆れたように僕の顔を眺めた後に、「そちらに座ってお待ちください」と言って、長椅子を指し示した。そして席を立って、奥に行ってしまった。僕は言われた通りにさっきまで座っていた椅子に腰掛けた。しばらくすると女性だけが引き返してきたが、僕には目もくれずに自分の仕事に戻った。

そのままその場で待っていると、声をかけられた。

「すいません、お待たせしました」

顔を上げると、青いツナギの男性だった。病院にいた人物の顔を覚えていなかったので同一人物かどうかはわからなかったが、声には少し聞き覚えがあったので、おそらくはそうなのだろう。僕は立ち上がった。

二階へ連れて行かれた。

普通の事務机が並べられたオフィス、というか、中学校の職員室みたいな場所だった。そこの空いている椅子を勧められたので僕は腰掛けた。その隣の机に男は座った。そこが男の自席のようだ。

「このたびはご愁傷様でございます。奥様の運転されていた軽自動車とダンプカーとの衝突事故についてご説明をいたします」

男は話し始めた。事故の起きた日時・場所から始まり、発生状況、救出の経緯などなど。僕は黙って話を聞いていたが、脳味噌はその内容を理解することを拒絶した。

そのうちに男の話しているのが日本語かどうかさえわからなくなってきた。

話の途中で、女性がやってきて「柏崎（かしわざき）さん、外線が入ってますがどうしましょう。山下さんという方からです」と言った。男は意味ありげに僕を見た。電話に出てもいいかということだろう、僕は頷いた。

「出ます」と男は言った。そして机の電話機に手を伸ばす。「六番です」そう女性は言い残して踵を返した。男は受話器を取り上げ、本体のボタンを押す。

その間、僕は、山下、山下……、聞き覚えのある名だな、と考えを巡らせていた。ああ、義父母の名だ、つまり彩香の旧姓だ——そう思い当たるのに十秒ほどもかかった。つまり義父母からの電話だ、病室で男は連絡がつかないと言っていたが、留守電に連絡先を残していたのだろう、それで彼らは今になって折り返してきた、というわけだ。さっきの男の意味ありげな視線の意味がようやくわかった。

しばらく男は電話口で話をしていたが、やがて受話器のマイクのほうを手で押さえて僕のほうを向いた。「お義父さまです、お話しされますか?」と訊いてきたので僕はブルンブルンと首を振った。

男は受話器を置いた。

流花を引き渡せるようになるまでもう少し時間がかかるとのことで、僕は再び下の階で待たされることになった。葬儀屋に来てもらって遺体を運ぶのが良いとのことで数社の葬儀屋の連絡先の記されたコピーを渡された。そんなこと言われてもな——。

さっきは人がたくさんいたロビーは閑散としていた。窓口の開いている時間が過ぎたのだろう。いくつかある長椅子には僕以外にただひとりだけ、中学生くらいと思われる普段着姿の女の子が座っていた。その子がなんでひとりで警察署のロビーの椅子に座っているのかはまったく見当がつかなかった。ただ僕はその子を見て、もう流花がこのように成長した姿は見られないのだと絶望した。もしあの子が中学生になったら僕とどのような会話をしただろうか――。

僕はもらったコピーの一番上にある葬儀屋に携帯で電話をかけた。

慇懃な応対の女性が電話口に出た。

僕は状況を説明しようとしたが、自分でも何を言っているのかわからないくらい、しどろもどろになってしまった。だが電話口の相手はまったく動じることなく丁寧に僕から必要な情報を聞き出していった。どうやらすべて任せておけばいいらしいと僕は認識した。

電話をたたんで顔を上げた時には、中学生の女の子の姿は消えていた。

僕は流花の棺と一緒に葬儀屋の車に乗せてもらって新丸子のマンションに帰ってきた。もう夜になっていた。今朝、流花を抱っこした彩香に見送られて出た玄関に当然、人の気配はなく、部屋は暗く静まり返っていた。

葬儀屋のスタッフはテキパキとそのちっちゃな棺を置く場所を定め、段ボール製の小さな祭壇を組んだ。そこに蠟燭とか線香を供える入れ物とか一式が並べられた。そうこうしているうちに同じ葬儀屋の別な人物が後から部屋を訪れてきて、自分はコンサルタントだと名乗った。

葬儀をどうするかという相談を承るという。

僕はもう完全に思考停止していたので、ほとんど相手の言うがままに話は決まっていった。

遺体の損傷が激しいのでエンバーミングとかいうのを勧められた。僕は頷くしかなかった。そして斎場が今ちょっと混んでいるということで葬儀は五日も先となった。この季節、遺体を自宅に置いておくと冷やしておくのが大変だし、どのみちエンバーミングのためにいったん預かることになるので、葬儀までは斎場の霊安室みたいなところに遺体を保管することを勧められた。僕は再び頷くしかなかった。流花を手元に置いておきたかったが、そんなわがままを通したらとんでもないことになるのかもしれないと思った。

ということで流花の入れられたちっちゃな棺はすぐに僕らの部屋から持ち出され、後には僕と段ボールの祭壇だけが取り残された。僕は放心状態だった。

9

　義父から電話があって葬式を彼らのほうで取り仕切りたいとか言ってきたが、僕はもうこちらで手筈を整えているのでと言って突っぱねた。

　翌日に彩香の病室を見舞ったが彼女は僕の顔を見てただただ泣くばかりだった。僕は流花の葬儀の予定について説明したが話をどこまで聞いているのかもわからなかった。彼女を抱きしめたかったが、手を伸ばそうとすると彼女は両手で顔を覆って首を激しく振った。僕にもそこを押してまで彼女を抱きしめる気力がなかった。時間をおこうと思った。

　その次の日は病室に義父がいて、中に入ろうとすると娘は今寝てるからとか言って僕を中に入れさせなかった。寝顔を見るだけだから、と僕が言うと今度は、娘はあんたに会いたくないと言っているとか主張しだした。わけがわからなかった。だが、いったん引き下がることにした。彼女が本当にそんなことを主張しているのか、それとも義父が勝手にそう言っているだけなのかもわからなかったが、どちらにせよ冷却期間が必要なんだろうと考えた。

そのまた次の日に病院に行くと、彩香さんは退院しましたよと看護師に言われた。病室を確認してみたが、確かにもうそこに彼女はいなかった。

僕はその足で山下家に向かった。

呼び鈴を押すと、案の定、義父が出てきた。そこから押し問答が始まったが、結局、僕は撤退するしかなかった。それ以上食い下がると警察を呼ばれかねない雰囲気だった。まあ、実家にいるのなら彩香は少なくとも体調的には心配のない状態になったということだろう。ゆっくりと時間をかけて解決するしかあるまい。

さらに翌日。もう完全に僕の曜日感覚は消失していたが、確かめると月曜日だった。会社からは五日間の忌引が認められていた。これは土日を含まないので、丸々一週間は出社に及ばず、ということだ。

僕は午前のうちに山下家に電話してみた。翌日の葬儀の時間についての念押しという名目で。

電話には義母が出た。彼女は僕が連絡を入れたことについて丁寧に礼を述べた。どうやら彼女とは会話が成立しそうな雰囲気を感じ取り、僕は彩香の状態について心配していることを告げた。義母は僕に同情の声を寄せ（形だけかもしれないが）夫と娘の非礼について僕に詫びた。そしてちょっと遠慮がちに、今日は夫は仕事に出かけているし、もしよかったら家に来て娘と話してみてはくれまいか、と言いだした。

もちろん僕は承諾した。

すぐに身支度を調え、部屋を出た。マンションのエントランスを出て、ああ、マイカがあればなあ、と感じざるを得なかった。いったいどこで僕は足を踏み間違えてしまったのだろうか。なにもかもがうまくいっていたのに、いまや全てのギアが逆方向に回っているのだ。もちろん事故そのものについては僕の力が及ぶところではなかったわけだが――僕の思考はループしはじめる――、けど、そもそも僕が車の購入など言いださなければ？　彼女の実家との行き来が妙に不便な場所に新居を構えなければ？　彼女の希望を汲んで復職を強く推し、流花を保育園に入れておけば――？

そんなことを考えたところで意味はないのだ。それはわかっている。

それでも僕は自分が人生の節々において適切な選択をしてきたのかどうかを頭の中で検証せざるを得なくなる――そうだ、僕はその都度、与えられた条件の範囲で最適な選択をしたはずなのだ。なのに全てが裏目になっている。僕が何かを間違えたのか、そうでなければ、そもそもそういう避けようのない流れが運命づけられていたのか。

どうすればこの流れを元のように戻すことができるだろう――。

そこまで考えて、ふと、疑問が生じた。

――だが、元に戻してどうする？

再び僕と彩香が共に暮らし、新しい子供を作るというのか。流花の代わりに？

そしてマイカの代わりに別の車を買う？

ありえない。

あり得るわけがない。

仮に僕と彩香が再び一緒に暮らすことになっても、子供を作りはしないだろう。車も買えやしないだろう。すでに完璧な思い出を作ってしまった僕らが再びそれを追ったところで、欠損を思い知らされるだけなのだ。だから、僕が彩香と暮らすことも、もはやあり得ないのだ――。

僕の足の運びが鈍（のろ）くなった。

――もうすべては終わったのだ。それに縋ることはお互いを苦しめるだけだ。

別々の道を歩むのがお互いにとって最善だろう。僕も彼女も、もしこれまでと全く違う形の幸せを追い求めるのであれば、ひょっとして自分自身を救うことができるかもしれない。もし僕らがそうすることを心から望むのであればだが――。


僕は山下家に到着した。

すでに僕は二人の道が離れ離れになっていることを理解していた。だが、それでも彼女と真摯に向かい合う気持ちはあった。そして彼女が自分自身を救う道を提示できるのは僕だけかもしれないという思いもあった。そう、僕は彼女を救いたかった。流花のことはもうどうしようもなくとも、彼女のことは救えるかもしれないと思った。誰かが彼女を救わない限り、彼女は残りの一生を悲しみと後悔の中で過ごすことになるのが僕には目に見えていた。

まずは義母から話を聞くことにした。

義母がすまなさそうに僕を迎えた。彼女は自分の部屋に閉じこもっているという。

「彩香が新丸子のほうに戻ってこないのは、彼女自身の意志なのでしょうか」

義母は曖昧な感じに頷いた。

「どうも……、そのような感じみたいです。最初は、そう、達也さんに合わす顔がないと言ってました」

「最初は？」

「ええ……、でも、今はちょっと様子が違うようです。なんていうのか……、自暴自棄とでも言うのでしょうか。なにもかもを投げ捨ててしまいたい、というような態度ですね」

「まずいな、それは」

僕の反応に義母は頷いた。

「今は無理かもしれませんが、彩香にはちゃんと前を向いて生きてほしいのです。でも父親のほうは娘を甘やかすばかりで――娘の言いなりと言いましょうか……」

今度は僕が頷いた。

「それも良くないですね。誰かがきちんと彼女を過去から決別させてあげないといけない。確かに今すぐには無理かもしれませんが——僕自身もまだ心の整理がついてない状態ですし」

「そうですよねぇ……。いずれにしても我が家に引きこもることは彩香にとって『逃げ』でしかないのです。もちろん私たちはあの子に求められれば、できる限りの間は住まいを分かち合うしかないのですけど」

意外に義母はしっかりした考えの持ち主なのだなと思いつつ僕は話を聞いていた。味方ができたように思えて心強いものを感じた。

まあ、とにかく直接に話をしてみましょう、ということで僕は義母と共に彼女の部屋に向かった。

義母が部屋の扉をノックし、声をかけた。

「彩香、入るわよ」

返事はない。中で動きのある気配もない。義母はドアを開け、部屋の中に足を踏み入れた。僕もそれに続いた。

彼女はベッドの上で布団をひっかぶった形になっていた。おそらく体は丸めているのだろう。起きているのか寝ているのかも当然わからない。いや、そもそも本当に彼女がそこにいるのかどうかも。

「彩香。達也さんが来ているのよ。一度、きちんと顔を見せて話をしなさい。心配しているから」

布団の下で彼女が身をよじる動きがあった。どうやら寝ているわけではなさそうだ。

「会いたくない」

くぐもった声が聞こえた。口を開きかけた義母を手で制して、僕は一歩、ベッドに近寄った。

「彩香――」

布団のもぞもぞとした動きが止まった。

「前にも話したと思うけど、明日、流花の葬式をやるから――。来てくれるよな？」

できるだけ落ち着いた声で僕は語りかけた。

「行く」

布団の下から小さく声がした。そして沈黙が続いた。

「顔を出してくれよ。君の顔が見たいんだ」

少し布団がもぞもぞとしたが、それ以上の反応はなかった。単にガードを固めただけ、といった雰囲気だった。

「君のことが心配なんだ。確かにもう、僕らのあの暮らしは還ってこない。でも僕らは夫婦なわけだし、君の家はここではなくあそこだろ？　帰ってきなよ。一緒に乗り越えて行こう、な？」

反応はない。

口にしてみると心の中で自分が考えてきたこととは別の、ありきたりなセリフが出てくるのが自分でも不思議ではあった。僕はあの部屋で君を待ってるからな、というような発言を続けるのだけはかろうじて思いとどまった。

声の調子を切り替えた。

「じゃ、また明日――。声が聞けてよかったよ」

依然として反応がないことを確かめてから、僕は部屋を後にした。義母も続いて出てくる。ドアがそっと閉められた。

「これは長期戦になりそうですね」

義母に向けて僕は言った。

「本当に申しわけのないことです――。またいつでもいらしてください。事前に電話をくだされば……」

義父がいないときに来い、という意味と僕は了解し、頷いた。

葬儀までの間、僕は斎場の霊安室に日参し、エンバーミングを終えた流花の棺に線香を供え、手を合わせた。だが、遺体を見る勇気はなかった。本当にそれだけはどうしてもできなかった。長い時間をそこで過ごしたが、気持ちの整理はつかなかった。

マイカにぶつかったダンプのドライバーの妻を名乗る人物から事故の翌日の夜に電話があり、流花に線香をあげたいというので、次の日に斎場で待ち合わせることにした。

憔悴した無精髭の中年男性が妻に腕を引かれるようにしてやってきた。

夫婦の風貌は、まるで僕には関わりのない別の世界の人たち、といったように僕には見えた。夫はほとんど口も開け(ひら)ずにただ頭を下げるばかりで、妻のほうが悲愴な顔つきでいろいろと謝罪のような言葉を並べた。彼らの今後の人生を思い、なんだか可哀想だな、と僕は思った。事故を起こした男性はこの先、ドライバーとしてやっていけるのであろうか。その一方で、僕は彼らの様子を見て、夫婦ってこうやってお互いを支え合って生きていくものなんだなあ、とも思った。ある意味、うらやましいとさえ感じた。

非難の言葉を彼らに浴びせかける気には、到底、なれなかった。

保険会社からはなんだかんだと連絡が来ていたが、僕はほとんど話を聞き流していた。どのような金銭的補償があろうとも正直なところ関心がなかった。そんなものはまったく何の足しにもならないことは最初からわかっていたし、意味のないところに自分の脳味噌の処理能力を振り分けるつもりなど僕には毛頭なかった。

葬式の当日は雨が降っていた。

彩香は真っ黒な大きなサングラスにマスクをしてきた。隣には義父がいる。

「ありがとう、来てくれて」

僕はそう声をかけたが、彼女は無反応だった。少なくとも目に見える範囲では。

式には会社の同期の連中や部署の同僚などが大勢来てくれた。内田さんがやってきて彩香と抱き合ったが、彼女がマスクやグラサンを外すことはなかった。

淡々と式は進行し、献花となった。僕はついに流花の遺体と対面することになった。

綺麗に処理されたそれは、まったくの別人にも見えた。彩香は棺に縋り付いて泣き出した。それを見て僕も悲しくなり、涙が流れ出すのを止められなかった。彼女をかつてのように撫でて慰めたかったが、手は出なかった。代わりに内田さんがその役を引き受けてくれた。内田さんは出棺までずっと彼女の体を支えてくれた。

その後、親族だけがマイクロバスで火葬場に移動する運びとなった。僕はひとり、棺と一緒に霊柩車に乗った。

現場では全て係員の指示に従って動き、火葬される棺を皆で見送った。淡々と物事が進んでいく。

控え室は両家でひとつだったが、彩香の隣には常に義父が目を光らせていて僕は彼女に言葉をかけることすらできなかった——かける言葉も見つからなかったのであるが。

「お義姉さん、大丈夫なの？」

妹が僕のところに来て訊いた。

「んー、かなり厳しい状況だな」僕は答える。

「ちょっと、わたし、話してくるわ」

妹はそう言うと、少し離れたところにいる彼女と義父母のところに行った。なにやら頭を下げあっている。

僕は喪主なので、場に飲み物とかつまみが足りているのかどうかに気を配る必要があったため、そこで周囲に注意を巡らせた。特に問題はないようだった。

妹が戻ってきた。

「どうだった？」僕は訊く。

「特に変わったことはなかった」

「どういう意味よ。変わってねえはずがないだろ、こんな場面で」

「だからぁ、この場面に普通に期待される反応が返ってきただけ、って意味」

「あっ、そ」

まあ、妹に特に何かを期待していたわけではないので、話はそこで終わった。

火葬が終わって骨上げとなった。一同は指示に従って移動した。

ステンレスの台の上に骨などほとんど残っていないように見えた。

最初に僕と彩香が箸を持たされた。言われるがままに二人でひとつの骨を箸で拾って骨壺に入れた。もしかしたらこれが彩香との最後の共同作業になるのではないか――、そんなことを僕は思った。ちらと彼女の表情をうかがったが、もちろんマスクとサングラス越しには何も見えない。

最後に係員が小さなホウキとチリトリで手際よく骨の粉を集めて壺に入れた。

ふたたび指示に従って退場。僕が位牌を持ち、彩香が骨壺の箱、遺影は妹に持たせた。

これですべて完了。後は皆をマイクロバスで最寄りの駅まで送るだけ――。

わらわらと皆がマイクロバスのほうに向かったが、僕のすぐ後ろにいたはずの彩香がいつのまにかいなくなっていることに気付いた。

あれ、どうしたんだろ――。

僕がキョロキョロとしだした時に、義父がそばにやってきた。

「達也くん――」

「はい、なんでしょう」

僕は義父と向き合った。

「娘がな、ちょっと君と話したいそうなんだよ」

「今ですか？」

僕の問いに義父は頷いた。

「さっきの、あの控え室にいるから、ちょっと行ってきてくれないかね」

ん？　奇妙な話だな、とは思った。けど、彼女が話したいというのなら行くしかあるまい。

「わかりました」

踵を返そうとする僕を義父が引き留めた。

「あ、それは持っておいてやろう」

そう言って義父は手を出した。やけに親切だなと思いつつ僕は頭を下げて、手にしていた位牌を渡した。そして走り出す。

建物の中に戻り、控え室へと走った。似たような部屋がたくさんあるのでわかりづらい。部屋を見つけ、扉を開けた。中はすでに綺麗に片付けられていたし、彼女はいなかった。あれ、部屋を間違ったかな？　そう思い、廊下に出て見回す。いや間違いないはず。だが彼女のほうが部屋を間違った可能性もある。どうしたものか。僕はあたりをウロウロとする。それらしい部屋を覗いてみたりもするが、やはり彼女はいない。

「お兄ちゃん、なにしてるの。みんな待ってるよぉ」

妹だ。僕を探しにきたのだ。しょうがないので僕は走って妹のそばまで戻った。

「彩香を探してるんだけど」

「お義姉さん？　いま外にいたよ。遺影をよく見せて、って言って」

妹は遺影を手にしていなかった。

わけがわからず僕らはいったんマイクロバスに戻った。皆がすでに中に乗り込んでいたが、彩香と義父母の姿だけがなかった。入り口のすぐそばに座っていた男性――山下家の親族だ――が僕の片手をちょんちょんと突いて言った。「三人はタクシーで帰るって先に行っちゃったよ」

運転手が発車していいかどうか訊いてくるので僕はお願いしますと言った。

マイクロバスは発車した。

僕は混乱していた。

その意味がわかるまでに優に一分くらいかかった。そして、やられた――、と思った。

彼らは、流花の遺骨と位牌、それから遺影まで、自分らの家に持って帰ってしまったのである。

自宅に帰ってすぐに僕は山下家に電話を入れた。出たのは義父だ。「山下です」

「ちょっとお義父さん、いったい何を考えてるんですか」

僕はいつにない剣幕で話す。

「流花ちゃんは山下家の墓に手厚く葬るんで安心してくれぃ」

義父は僕の口調に動じる様子もなく、嬉しそうとも思える調子でそう言った。

「ちょっ、なに勝手なこと、言ってんすか」

僕がそう言い終える前に電話は切れた。

10

葬儀の翌日から僕は職場に復帰した。なんだか随分長いこと仕事を離れていた気がした。同僚たちが気を使って僕に残業をさせないような仕事の割り振りにしてくれた。彩香が実家に帰ってしまって僕らが事実上の別居状態であることなど、もちろん誰も知らないのである——そもそも僕自身がまだその事実を受け止め切れていない——奥さんが寂しいだろうから篠原は早く帰らせよう、と。それを断ろうとしたらいろいろと説明をしないとならなくなる、僕自身がまだ困惑しているというのに。それは無理だ。

そのせいで僕はいつになく早い時間に家に帰り着くこととなるのだが、もちろん部屋は真っ暗だ。電気を点けると段ボール製の祭壇が目に入る。これは納骨が終わった頃に葬儀屋が引き取ることになっているのだが、遺骨が手元にない以上、無用の長物以外の何物でもない。

部屋には流花のものと彩香のものばかりが目につく。レンタルのベビーベッド、これは早急に解約せねば——。解約といえば、駐車場も月が変わらぬうちに対処すべきだろう。仮に彩香が戻ってきて、やっぱり車があるといいよねって話に万が一なったとしても、軽自動車を買うことにだけはならないのではないか、と思う。まあ彩香が戻る可能性もほとんどない気がするし、また車を買うということになる可能性も限りなくゼロだろうけど。

その他の流花のものは廃棄するしかあるまい。もらってくれる人もいないだろうし。悲しいけども仕方がない。

彩香のものはどうするのか。彼女が戻ってくる可能性が少しでもある以上、勝手に手をつけるわけにはいかないだろう。まあ、端に寄せておくくらいはいいか。そんな気などと僕は考えを巡らすが、実際にはなにひとつ手をつけることがない。そんな気にはとてもならない。部屋をこのままにしておけば、流花と彩香はちょっと出掛けているだけなんだ、って気がしてくる。そしてガチャってドアが開いて、いつもの「ただいまぁ」という声が聞こえて——。

気がつくと僕はベッドの上で涙を流している。無限にそれは溢れてくる。

平年より随分遅くに梅雨が明け、それから一気に暑くなった。その夏は僕はどこにも行かず、盆にも実家に帰らなかった。もしかしたら突然に彩香が帰ってきたりするのではないかと考えたからだ——たとえば、ほら、荷物を取りにきたりとかで。まあ、荷物だけなら僕が仕事に行っている間に取りにくる可能性のほうが高いだろうけども（彼女の合鍵が事故で失われていなければ、だが）……。でも、荷物を名目にして僕に会おうとすることもあり得なくはないし。向こうとしても何か理由がないと連絡してこられないだろ、ここまで断裂してしまうと――。

義父のいない時間を狙って会社から山下家に電話しようと何度思ったかわからない。でも、かけられなかった。何故？　次に何かあったら、この断裂が決定的なものになる気がしたんだ。

彼らは本気で流花を山下家の墓に入れるつもりなのだろうけど、僕は認めたわけじゃない。遺骨が山下家に置かれているのはあくまで仮の状態である、という認識。ある意味、預けているような状態とでもいうか。しかしここで彼らと会話を続けたら、彼らの主張を追認していくことに繋がるのではないか。彼らの遺骨に対する実効支配を強固なものにするだけなのではないか。いやいやそうではなく、僕は彼らが遺骨を持っていったことに対して、単にまだ何も手を打っていないだけなんですよ、正当な所有権はこちらにあり、実力を行使すればいつでも取り返せるんですよ、ってことにしておきたい――実際のところはその算段も何もまったくないのだけど。

しかし、日が経つうちに僕は、遺骨については彼らの好きにさせたほうがいいのではないか、という気になってきた。

こちらが強硬な姿勢で臨めば、彼らは遺骨を返さないどころか、僕を納骨式にも参列させないだろうし、そもそも山下家の墓の在り処も教えてくれないかもしれない。そうなると僕は流花の墓参りもできないことになる。

結局、僕は四十九日の来る前のタイミングを見計らって山下家に電話を入れた。もちろん義父が不在の時間に、である。

義母が電話をとった。すぐに葬式の際の非礼についての謝罪があった。義母には山下家におけるものごとの決定権がないことはこちらとしても承知しているので、僕も彼女を非難したりはしない。

「流花を山下家のお墓に入れたいのでしたら、そうおっしゃってくだされればよかったのに。なにもあんなことをする必要はなかったんですよ。僕には反対する理由などなかったんですから」

そう心にもないことを言った、フレンドリーな調子で。

「そうでしたか。そう言っていただけると私どもの心の荷も下ります」

「ところで彩香はその後、どうしてますか」

その問いに返事が来るのに少し間がある。

「最近はようやくベッドからは出てくるようになったんですが……。家から出ることはまずないですねぇ……」

「僕がお邪魔して会話ができるような状態なのでしょうか？」

「いや、それはなんとも……。私から声をかけてもほとんど返事のくることはないですからねぇ。でも、こちらの言うことはちゃんと聞いてはいるようなんですよ。だから、なにかきっかけさえ掴めればと思うんですけどね……」

「なるほど……」

　僕は少し考えるフリをする。実際にはそのことは後で考えようと思いつつ本題に入る。

「ところで話は変わりますが、流花の四十九日が近づいてきているかと思いますけれど、納骨式には僕も呼んでもらえるのですかね。場所とか日時とか……」

　電話口から戸惑いの感触が伝わってくる。

「ええ、そうですね……。達也さんを呼ばないなどということはないと思いますわ。そうね、今、お知らせしてしまってもいいですか？」

「もちろん。お願いします」

　僕を呼んでもいいかどうかを家人に尋ねればＮＧと言われる可能性が高いと義母も踏んだのかもしれない。だからすぐに教えてくれるわけだ。ＮＧが出る前に教えるのなら〈私は常識的に判断をしただけ〉という理屈が通る、と。義母の受け答えからそういう空気を感じた。

その後、納骨の日になるまで山下家のほうから僕に連絡が来ることはなかった。

地下鉄を乗り継いで蔵前の駅で降り、地上に出た僕を快晴の空が迎えた。九月中旬の日曜日は夏の陽気がぶり返した。このところ肌寒い日が続いていたのに。喪服が日差しから熱を吸収するので、歩いているとすぐに体が熱くなる。

義母の教えてくれた処に行くと、そこはなかなかに立派なお寺だった。墓の場所はすぐにわかった。墓前にすでに七、八人ほどが集まっていたからだ。僕はそこに向かった。

義父母と彼女がその中にいるのがわかった。今日の彩香はサングラスもマスクもしていなかった。僕はゆっくりとした足取りで彼らに歩み寄った。

三人の前で深く頭を下げた。義父はかすかに苦々しげな表情を浮かべたが驚いた様子のなかったところをみると、僕がここに来るであろうことは義母から聞いていたのだろう。三人は揃って僕に頭を下げた。彼女は少し眩しそうに目を細めて僕を見た。なんていうか、まるで知らない人を見るかのような表情だった。

「いい天気でよかったですね」

僕がそう言うと、義母が「ほんとうに」と返した。後の二人は特に反応はしない。

僕はこの場にいる人たちを眺めた。ほとんどは葬式の時に見た覚えのある山下家の親族で、誰も僕がここにいることを不思議には思っていないようだ。

彼女も義父母もなにも話さなかった。僕も黙っていた。特に何も言うつもりはなかった。ただ僕は流花の納骨に立ち会うためだけにここに来たのだ——そう決めてきた。

やがて涼しげな袈裟を着た坊さんがやってきた。一同に挨拶をし、墓の前に立った。皆が坊さんの後ろにぞろぞろと横並びになった。義父と彩香は坊さんのすぐ真後ろに立ち、僕はなんとなくその背後あたりにいようとしたら、義母が僕の袖を引っ張って、彩香の隣に僕を立たせた。

読経が始まった。

ちょうどそのあたりで、それまでは凪いでいた風が吹いてきた。秋の風だった。ほどよく冷たいそれが、火照った体に心地よかった。

流花のことを思った。

あの子は、僕にいい思い出しか残さなかった。

そう思った時、実に不思議なのだが、僕にはすべてが完璧なように感じられたんだ。

もちろん流花を失ったことは悲しい。彩香が帰ってこないことも。でも、あらゆるものはいずれは過ぎ去るのだ。流花の一生は短かったけども、僕に完璧な印象を残した。

きっとこの日もいい思い出になるだろう。この気持ち良い風とともに——。

頭にそんなことを思い浮かべていたとき、隣に立つ彩香の体が少し傾いて、わずかに僕の腕に寄りかかるようになった。

僕は少しだけ足を踏ん張るようにして彼女の体重を支えた。

チラと隣を見やったが、すました横顔が見えるばかりだ。どういう意図で彼女がそれをしているのかわからない。

本人も気付かないうちに僕に体重がかかっているということか。そんなことがあるだろうか？

あるいは——直観としてそう腑に落ちた——これは、この場での僕が何も言わないという態度をとっていることに対し、彼女がそれを良しと評価してくれているということの証なのかも知れなかった。言葉に出すことなく、今の彼女に唯一可能なやり方で、僕ら二人の間だけに伝わるように彼女はそのことを表明しているのかも知れなかった。

彼女の体温が伝わってきた。

彼女がゆっくりと呼吸を繰り返しているのが感じられた。

ふいに僕は、この時間が永遠に続けばいいのに——と思った。

このまま世界が止まってくれれば。

そしてこの心地よい風にずっと吹かれ続けていられたら——。

そんな僕の願いとは裏腹に、やがて彼女は姿勢を戻し、僕らの体と体は元のように離れ離れになった。

読経だけが続いていた。


遺骨が墓に仕舞われ、納骨式は終了となった。一同はぞろぞろと解散した。僕はその場を離れ難かった。が、皆が去ってゆくので、僕も少し後から続いた。彩香と義父母はずっと前のほうを歩いていたが、一度だけ、彼女は僕を振り向いた。誰か知らない人がそこにいるのを不思議に思うかのように。


その数日後、朝、起きてコーヒーを淹れている時に玄関のチャイムが鳴った。なんだよ、朝っぱらから――そう思いつつ、僕はインターホンに出た。

義父だった。

とりあえず上がってもらった。ちなみに彼は何度か夫婦でこの部屋を訪れているのでこれが初めての訪問というわけではない。

「まだ全然片付けてないんだね」

義父は部屋の中を見回しながらそう言った。片付けてない、というのは、散らかっている、という意味ではなく、流花や彩香のものがそのままになっているということを言っているのだろう。部屋は散らかってなくもなかったので、おそらく、だが。

「ええ。なかなかそんな気にならなくて」

僕はできるだけフレンドリーさを感じさせる口調で返した。彼はどことなく興奮を抑えているかのような雰囲気だ。これはなにかあるな――まあ、朝早くに彼がひとりでここに来ることからしてなにかあるのは間違いないのだが――と思いつつ、テーブルの椅子を勧めた。台所に行って自分のために淹れていたコーヒーを来客用のカップに注いで、砂糖とコーヒーフレッシュとともに義父の前に出した。そして僕は向かい側に腰掛けた。

「ああ、構わんでよかったのに」

彼はそう言ったが、僕が手で「どうぞ」とすると、頭を軽く下げてブラックのままカップに口をつけた。

僕はまじまじと義父を見た。こんなにしっかりと彼を見たのは初めてだったかもしれない。確かあと二、三年で定年だったはず。某大企業の部長職と聞いているがどんな業務内容を担当しているのかはよく知らない。聞いたかもしれないが忘れた。

年齢にふさわしい相貌だ。頭髪は最初に会った時よりもさらに薄く、白いものも随分と増えている。眉毛は何本か妙に長い毛が交じっていて、顎には剃り残しの髭がある。

義父は眉間にシワを寄せ、口を開いた。

「君に頼みがある」

その顔が赤くなった。僕はそれには気付かぬフリで「なんでしょうか」と返した。

「他でもないんだが――」

彼はそう言うと、床に置いていた小ぶりの肩下げカバンを膝に持ち上げ、中身をゴソゴソとやりだした。どうも興奮が抑え切れないためか、動きがぎこちない。カバンから茶封筒を取り出すためだけに四苦八苦とまでは言わないが、やけに手間取った。結局、封筒を取り出すことには成功したが、それと一緒にカバンの中のものがいくつか床に転げ落ちた。彼はますます顔を赤くして、いったん封筒をテーブルに置き、それから体をひねって落ちたものを拾い上げた。

僕はその様子を、手を出さずに眺めていた。何も起きていないフリをした。そのほうが彼のプライドを傷つけずに済むだろう。

茶封筒の中身は想像がついていた。

「何も言わずにこれを書いてくれんか」

義父は封筒から一枚の紙を取り出した。案の定だ。離婚届である。見ると、すでに彼女の分は記載が済んでいる――懐かしいその筆跡。彼はペンをその上に置いた。

僕はこれみよがしに口をへの字にした。

「それを頼むのであれば、彼女自身から僕に話があってしかるべきじゃないですか」

どうせ無駄な問答となるだろう予感はひしひしと感じられたが、僕は一応、正論をぶつけてみた。それは義父の眉間のシワを深くするのと顔の赤みを強める効果しかなかったようだ。

「それはわかっておる。承知の上で頼んでいるんだよ。君だってもうわかっているだろう。彩香は金輪際、君と関わることを拒否しておるのだよ。カウンセラーの先生からも過去のことを思い出すようなものから切り離すように指示されておってな」

カウンセラー？　義母はそんなことに言及していなかったが……。それに普通、カウンセラーってどっちかというと問題の原因となっている過去を意識化させることで問題に対処させてくものじゃね？　知らんけど。そんな、臭いものに蓋、みたいな対応なんて、まるで素人の発想だろ。ようするに口からデマカセなんだろうなあ、カウンセラーの話は。

僕はそんなことを考えつつも、自分自身、彼女を実家から切り離すことで問題に対処してきたことを思い起こして内心に苦笑する――とはいえ、それはそれなりに効果はあったのだが――。

「ちょっと考えさせてもらえませんかね」

僕は引き延ばしを図った。そんなことは意味がないのかもしれないとわかりつつ。

「いやいや、今、この場で考えてくれ。もう結論は見えておるだろう。なにを考える必要があると言うんだ――頼む、この通りだ。ワシは君がこれを書いてくれるまで帰らんぞ」

義父は頭を下げた。薄い頭頂が僕の眼前に提示された。

「うーん、そう言われてもなあ……」

僕は渋ってみせる。

「なあ、達也くん。それではこう考えてみたらどうかね。君は、彩香も君もまだお互いに愛情を抱いていると考えているのだろう？　それはワシも否定はせん。そう簡単に愛情というものは消えないもんだ。もし一年、あるいは二年が経っても、君らのお互いの愛が消えていないのであれば、そして君らに依然として縁のようなものがあれば、そのときにあらためて再婚すればいいではないか。ワシの知り合いにも一度は離婚したがやはり同じ相手と再婚した連中がおるぞ。うん、夫婦というのは縁があれば何度でもくっつくものなんだ、縁さえあれば。だから今は彩香のためにこれを書いてくれぃ。それもまた愛というものだぞ」

――出た。謎理論だ。

僕は首をひねった。本当に僕は彼女と再び一緒になれるだろうか――いや、ないだろう。それはわかっている。僕と彼女とつなげるものは、いまや、戸籍という紙切れだけなのだ。だからこそ僕は渋っているのだ。

だが、僕にはもう手がない。紙切れなどに本当は意味がないことはわかっている。

僕は黙ってペンを取り上げた。


機械的に目と手は動いた——これは単なる事務作業なんだ、と自分を欺く。最後に捺印をして再確認する。僕はその紙に指をついてテーブルの上をスライドさせる形で義父の眼前に差し出した。

彼はそれを引っ摑んで茶封筒に入れ、それからカバンに仕舞った。

「君も達者でな」

僕は呆然となっていた。自分のしていることの意味がわからなかった。

義父が出て行った気配がした。

どれだけ時間が経ったかわからない。我に返った時にはもう遅刻は確定していた。ヨロヨロと僕は立ち上がった。朝食を摂る気にもならないので、そのまま出かけることにする。

テーブルから一歩、足を踏み出した時、何かを蹴った。それは床を滑っていき、壁に当たって止まった。

タバコの箱だった。たしかセブンスターとかいうやつ。

僕は一瞬、混乱したが、すぐにそれがさっき義父が封筒を取り出した時にカバンからこぼれ落ちた物のひとつだったのだろうと思い当たった。義父がタバコを吸っていたことも知らなかったのだが、他にそれがここに落ちている理由は考えられない。

僕はそれを拾い上げた。そのままゴミ箱に放り込もうとしかけて手を止めた。手にした時に中身がぎっしりしているような感覚があった。僕はそれの蓋を開けてみた。中身はまだ数本しか減っておらず、空いたところに百円ライターが詰め込まれていた。

ふと、これを届けるという名目で山下家に行き、彼女と会う機会を探る、ということができるんじゃないかと思いついた――それに意味があるのかどうかというところにまでは頭が回っていなかったが。

僕はタバコの箱を自分の鞄に突っ込み、会社に向かった。

機械的に足が動いて駅に着き、やってきた電車に乗り込んだ。

つり革に摑まった。

電車に揺られる。

そのうちに僕はだんだんと自分を取り戻していった。思考が戻ってきた。

ああ、ついに僕らは離婚するんだ、つまりは他人に戻るんだ――そう思った。そんなことがあり得るのだろうか、僕と彩香が他人に戻るなど。

彼女との思い出が走馬灯のように蘇った。

新人同士の飲み会で気分の悪くなった彼女を家まで送った。

よくわからない理由で誘われたダブル・デートでＴＤＬに行った。

彼女をデートに誘うのに何日も苦しい思いをした。

一緒に映画を見て、その後の喫茶店で隣にいたカップルは険悪な雰囲気だった。

デートの何回かに一度、彼女は悲しみの発作を起こし、僕は彼女が泣き止むまでただ抱きしめた。

婚約、結婚、妊娠、そして出産――。彼女の悲しみの発作は消え、すべてが順調だったのに。

一瞬でそれが崩れ去った。

そう、すべては終わったのだ、きれいさっぱり。

それとも何か残ったものがあるのだろうか――思い出以外に。

今、僕の手元に何があるだろうか。

あるとしたら、彼女と流花に対する想い。

そう、それだけは僕の心の中にある。

今も、まだ、確実に。

でも僕はそれをどう処理すべきなのだろう。

もう飛ぶことのできない壊れた翼。

一体それでどこに行き着くことができるのだろうか。

〈篠原くん、私は不安なの〉

彼女の声が脳裏に蘇った。

〈達也はいつも私のことをわかったような顔をしているけど、ちっとも私のことがわかってない〉

そうかもしれない――。

〈それよりももっと特別な日にしたいの、今日を。未来の私たちから見たときに〉

彼女のその思いは叶ったのだろうか？　僕らにとって特別な日とは何を意味していたのか？　今、僕らがその日を振り返って何かを感じることがあるのだろうか。

そもそもその日って何月何日だったか。

僕には何もわかってない。

そうだ、彼女のことを何もわかってなかったのだ、わかったようなつもりになっていただけで。

駅からオフィスに向かう途中のコンビニのゴミ箱の前で僕は足を止めた。

やっぱりタバコは捨ててしまおうと思ったのだ。

今更、山下家に行って何になる？　彼女と会えたとして何を言うことができる――

僕には何もわかってないのに。自分には彼女との未来を語ることなどできるわけがない。

そういう結論に達した。

そして、いざ捨てようとカバンから取り出したセブンスターの箱を手にした時、ふと、これを吸ってしまおうか、という思いつきに襲われた。

なぜだかはわからない。

僕はタバコなど一度も吸ったことはない。吸ってみようと思ったことすらなかった。家族の誰も吸わないし。

でも今、なぜだかこのタバコを吸ってみたい。あるいはそれは自分の体に悪いことをしたいっていう欲求なのかもしれないけど、それならそれでいいじゃないか。

吸ってみれば僕も過去の自分と決別できるかもしれないだろう。

そう、もう僕は別人なんだ——バツイチの独身男、アハハ。

新たな自分のスタートとして、このタバコを吸うところから始めようではないか——。

セブンスターの箱を手にしたまま僕はオフィスに向かった。ビルの三階に喫煙所があることは知っている、喫煙する同僚らがよく「三階行こう」って誘い合ってるから。

ビルの二階のエントランスで、いつもなら右手のゲートに進むところを真っ直ぐ進み、左手の階段を上る。三階に出て左右を見回す。すぐにその場所がわかった。

僕は喫煙所に入った。部屋の中には五、六人のスーツ姿の男女がいた。ウチの社員ではない。勝手がよくわからないが、とりあえず一番奥に行って壁に寄り掛かった。随分と壁は汚いが、掃除がされていないということはないだろう。

箱からまずライターを取り出す。続いてタバコを一本。ドラマとかで喫煙シーンを見るのでやりようはわかる。

吸いながら火をつけるのだよな。どのくらい強く吸うのだろう。幼い頃にドラマの再放送でよく見かけた松田優作のイメージ。頬がへこむように吸ってたよな。

思い切り空気を吸いながら火をつけた。

どわっ。

次の瞬間、僕は酷く咳き込んだ。

思わず部屋にいる人たちの反応を見た。誰も僕のことを気にしたりしてなかった。どうやらここでは他人は存在しないものとして振る舞うのがマナーのようだ、と了解した。

気を取り直して、今度は軽く吸ってみる。なんだろ、変な感じ。もっと先端が明るく光るはずだよな、と僕は映画の喫煙シーンを思い浮かべながら考える。このくらいならどうだろ。

ごほっ、ごほ。

うまくいかない。そのうえ煙が目にしみる。みんなはなんでこれで平気にタバコが吸えるのか。なにかやり方が間違っているのだろう、自分の。

僕は横目で他の人たちの様子を探る。んー、何が間違っているのか……。

再び咳き込み。しみる目からついに涙も流れ出した。

自分が滑稽に思えてきた。

クッ、クッ、クッ――声が出てしまった。ホントに可笑しい。これが新しい自分なんだ。

半分くらいになったタバコを捨て――なんでだかわからないけどだいたい半分くらいで捨てるのが普通みたいだから――僕は次の一本を取り出した。火をつける。一本めよりかはうまくできた。新しい自分が少し進歩した。経験値、プラス20。

悪くない、悪くない――ホントに。これが新しい自分。笑える、ホントに。どうしようもなく可笑しくなってきた。

また、クッ、クッと声が出てしまう。で、ちょっと吸う。続いて咳が三発。それが終わるとまた笑いが。それに涙もボロボロ出るし。難しいな、喫煙は。

ああ、なんだか他の人たちがそそくさと部屋を出ていったぞ。一人になったからもう遠慮せずに笑っていいかな――。ワッハッハ――、あ、今誰かここに入ろうとしたのに、ドアを少し開けたところで逃げてったわ……。

＊

それ以来、お父さんは喫煙者になったってわけだ。

なんであのとき僕はあのタバコを吸ってみようなんて思ったのかな、って後になってから考えたよ。

最初は、単なる自己破滅願望の発露みたいなものだったと思ってたんだけど、どうもそれだけじゃ説明しきれないような気がして。いろいろと考えるうちに次第に見えてきた。

もしかするとそれは同情だったんじゃないかな、って。

義父に対する同情。娘に言われてノコノコと僕の部屋まで来て頭を下げて離婚届を書かせた義父、彼もまた間違いなく彩香を愛していたわけで。それゆえにいろいろと奮闘してたわけでしょ、彼も。詐欺まがいのことまでして遺骨を奪ったりさ。滑稽だよね。たぶんタバコは隠れて吸ってたんじゃないかな、ストレスのせいかなんか知らんけど。そりゃストレスも感じてたろうさ、彼の立場を思えばね。そんな義父を見て、同じ彼女を愛するものとして同情を禁じ得なかったわけ。同情っていうか、部屋での彼の醜態を見て、僕も同じレベルに身を落としてみたくなったとでも言うか。や、それこそが同情ってやつか。だから僕も彼と同じようにタバコを吸ってみて、同じように滑稽になってみたんだよ。

それで僕は「同情」によっていろいろなことに説明がつくことに気がついたんだ。思うに彼女は同情していたんじゃないかな、自分の姉に。彼女は姉を崇拝していたわけだし、その姉が人生を断たれたことで、自分も同じように不幸でなくてはならない、と思っちゃったんじゃないの？　なのに自分は普通に人生を歩んでいるわけで。そのことが彼女の悲しみの発作を引き起こしていたんじゃないかな、姉さんは死んでしまったのに自分はこうして普通に生きてて、あろうことか幸せを感じたりもしている、そんなのあり得ないわ、って感じに。だから、よかったんだよ、僕と結婚して。結婚によって彼女の人生が姉のそれとは全然別の領域に進んでしまったから、彼女はもううまく姉に同情することができなくなり、その結果、発作が起きなくなったわけ。

いや、よくなかったのかも。

彼女の発作が起きなくなったことで、その分、彼女の抱える悲しみはどんどん無意識の領域に押しやられることになったのかも――地底のマグマのように。それがあの悲劇的な交通事故により一気に爆発したのではないか。いや、もっと言えば、彼女が無意識に抱え込んでいた悲しみの塊のようなものが、そもそもあの事故を引き起こしたのかも。交差点での一瞬の選択を間違った方向に倒させたのかも。もちろん彼女自身にさえそれはわかりはしないだろうけども。

なんにしても彼女が同情を振り払って自分自身の人生のことをまっとうに考えるのであれば、実家から（そしておそらくは僕からも）離れて、まっさらなところから人生を再スタートさせるべきだった。でも彼女は実家に引きこもってしまったわけだし。

そして僕も、彼女に同情していたと言える。

彼女に恋をしたという感触がないのに僕はどうしてもデートに誘わざるを得なくなった。別れ際の彼女が「またね」と言った時の寂しげな笑顔にやられてしまったのだ、その瞬間に僕は彼女に同情してしまったのだ、姉を失っていた彼女に。

他にもいろいろと心当たりはある——挙げだすと切りがないのでやめとくけど。

それから、当然、彼女も僕も、流花に同情している。

可哀想な流花に。

それが今も僕の人生を規定している。でも僕はそのことに意識的であるだけ、彼女よりかはマシかもしれない。いや、わからない。彼女がその後、どんな人生を送っているのかは知らないから。

彼女のことはひとときも忘れたことがない——逆にその圧があるからこそ、僕は彼女に連絡を取ることができない。

時々、たまらなく彼女に会いたくなる。

ああ――、

だがダメだ、

ダメなのだ、僕には彼女のことが理解できていない。

どう理解できていないのかもわかっていない。理解できていないという事実だけがわかっているだけだ。

流花……。

お父さんはどうすればいい。

11

かつて僕らの暮らした新丸子から等々力緑地あたりを僕は散歩していた。時折、なぜだかこの地を訪れてみたくなるのだ、離婚して間もなく引き払ったマンションの近辺を。

実家に戻るというのも格好がつかないので、僕はあれ以来、あちらこちらに住処を変えてはみるものの、どうにもひとつところに落ち着くことがない。

結局、この地で味わった完璧だった人生を忘れることができないでいる。その残滓を確かめたいがゆえにこの地を訪れるわけだ。

今日はどこかしら街に浮き足だった雰囲気がある。僕にはすぐにその理由がわかった。今晩はサッカーの試合――それも結構な好カードなのだろう――があるのだ。サッカーのことは今でもわからないが。

新しくできていた店でビールを飲んだ。店先のオープンスペースで飲めるスタイルの店だ。すでに日は落ちていて、少し湿度が高い。間もなく梅雨入りだろう。

隣のテーブルには若いカップルが座っていた。僕に背を向けている男の腕は日焼けしていて、Tシャツにサンダルと早くも真夏のような格好をしている。女性もノースリーブだ。彼らが恋人同士なのか夫婦なのかはわからなかったが、この街に二人で暮らしているのなら君たちはラッキーだな、と僕は思う。人生をエンジョイしろよ、と心の中でエールを送る。そしてグラスを傾ける。

歓声が聞こえてきた。サッカーの試合が始まったのか。

心地よい風が吹いている。

それが僕の記憶を呼び起こす。

〈この日を特別な日にしたいの、未来の私たちにとって〉そう彼女がささやいた。あの日もこんな感じだった――蒸し蒸ししていて風が気持ち良くて。妙な気分になった――彼女の唇や、その体の感触が思い出されたのだ。押し付けられる風呂上がりの熱い体。彼女はいつになく大胆だった。

僕はグラスを飲み干し、手を挙げて店員におかわりを頼んだ。

あの日のどこが特別なんだろう――僕は記憶を辿る。店員が新しいグラスをテーブルに置いた。僕はそれを手に取り、グイッとひとくち飲む。鼻の下が泡だらけになった。

そうだ――、彼女はその日が僕らが最初に口をきいた日だと言ってたな、つまり彼女を送っていったあの飲み会のあった日。でもそれが特別な理由ではなく、もっと別な意味で特別な日にしたいのだというようなことを言っていたはず。あの日は何月何日だったのだろうな。時期的には五月の後半から七月くらいまでのどこかだったとは思うけど。同期の連中に訊いても誰も覚えてないだろうな、もう二十年近く前の話だ。それに同期はもう半分ほどしか会社に残ってないし。

ま、その日付を特定したところで、彼女の意味したことがわかるとも思えない。そこに二人の断絶がある。僕の乗り越えられなかった断絶が。

僕はさらにグラスを傾ける。

「課長もどうすか、一服」

佐々木が声をかけてきた。未だに「課長」と呼ばれるのに慣れない——僕がカスタマーサポート二課の課長を拝命したのは今年の四月のことである。それまではカスタマーサポート部の内部は課に分かれておらず、二つのチームがあるだけだった。それが今年度から課に昇格したわけだ。僕はそれ以前からチームリーダーを務めていたので、仕事的にはほぼ何も変わっていない。肩書だけが変わったようなものでしかない。

二年前に引っ越してきたオフィスはゆったりとした空間になっていて、デスクも広い。会社は徐々に規模を拡大してきていて、来年から新卒採用枠を拡大するという話も持ち上がっている。

喫煙者である佐々木と近藤と僕とで喫煙所に向かった。このビルでは喫煙所は二階にある。引越を機に社内のフロアに喫煙所を設置することをリクエストしたが叶わなかった。時代は喫煙者にとってどこまでもアゲインストである。

エレベータで二階に向かう。他に乗り合わせている人がいないので、雑談をしても構わないだろうと思った。僕は近藤に向かって言う。

「どうよ、新婚生活は」

「はあ、ま、ボチボチですね」

「おま、そういやカミさんはハネムーンベイビーが欲しい、って言ってたんじゃ」

佐々木も話に加わる。

「いえいえ、なかなかそうもいかなくてですね。共働きなんで」

エレベータが下に到着し、僕らはぞろぞろと喫煙室に向かった。

通路を右に進み、突き当たった左側がその部屋だ。前のオフィスビルのそれよりも幾分広いし、天井が高い。

中は結構混んでいた。奥のほうに空きスペースを見つけ、僕ら三人はそこで灰皿を囲んだ。僕は胸ポケットからメビウスの箱を取り出す。

「職務上、彼女が産休を取り始めるタイミングと育休から復帰するタイミングが非常に限定されるんです」と近藤がタバコを取り出しながら言った。

「へえ、そりゃまた大変だな」と僕。

「おま、それ、あれだろ――排卵日とか、出産予定日とかを頑張って計算して、この日にエッチしないと、なんてやるんだろ」

嬉しそうに佐々木が言う。

「んー、まあ、そうなんですけど、今はそういうのウェブで簡単に計算してくれるんスよ。いいですか――」

そこで近藤はスマホを取り出した。咥えタバコで操作を始める。

「例えばですね、来年の四月一日に子供に産まれて欲しければ、その日付を入れるわけです」

近藤は実際にサイトの画面に日付を入れた。近藤の結婚相手は学校の教師だったかな、とそのとき僕は思い出していた。

「そうすっと、ほら、この日にやることとやれよ、って教えてくれるんスよ」

近藤の見せた画面には七月九日という日付が表示されていた。

「ほお」僕は感心した――半分、呆れつつ。

「いや、ちょい待って。それって過去の日付でも計算してくれるん?」と佐々木。

「んー、たぶんしてくれるんじゃないですかね、別に単なるカレンダー計算をしてるだけでしょ」

「ということはさ、誰かの誕生日を入れりゃ、おとーちゃんとおかーちゃんがいつエッチしたかわかるってことかぁ」

佐々木が笑いながら言った。近藤と僕は苦笑する。

「ああ、ほら、過去でも行けますね。ボクの誕生日でもイケましたもん」

「あ、そんなの見せないで。君の親父とお袋のヤッた日なんて知りたくないから」

近藤と佐々木の掛け合いに三人とも笑った。

僕は近藤のスマホを覗き込んだ。もちろん日付を見たかったのではない。そのサイトにちょっと興味を持った。なにかが脳裏に引っ掛かったのだ。

その夜、独り冷えた部屋に帰ってきてポケットから取り出したスマホを無造作にテーブルに置いた時に、昼間の喫煙室での会話を思い出した。

僕はネクタイを緩め、冷蔵庫から缶ビールを取り出す。その場でフタを開け、ゴクリとやってからテーブルに戻る。スマホを取り上げた。記憶にあるそのサイト名で検索をする。すぐにそれらしきサイトがリストされ、僕はそれを開いた。

流花の誕生日を出産希望日の欄に記入して「計算」をクリック。結果は、

2004年6月17日

と表示された。

ふむ。

僕はスマホのカレンダーで二〇〇四年まで遡った。六月十七日は木曜日である。当時の僕と彼女は木曜の夜にセックスしたのだろうか。そうかもしれない。どちらかというと週末にやることのほうが多かったと思うが、平日もやらなかったわけではない。まあ、なんにせよこの日付は正確なものを表しているわけではなく、単にこの日付近辺に僕らがヤッた、ということを示しているだけだ。

僕はこれの何に引っ掛かっていたのだろう。

近藤はカミさんが出産日をコントロールするためにセックスすべき日を調べたと言った。排卵日、というワードも出ていたな、奴らの会話の中に——そう、それだ。その単語が僕の脳裏に引っ掛かった。それが僕に、彼女の言っていた〈特別な日〉という言葉を思い起こさせたのだ。

頭の中で僕は仮説を組み立ててみる。

つまりこういうことではないだろうか。当時の彼女は子供を欲しがっていた気配があった。仮にその通りだとして、子供を欲しがっている女性は自分の排卵日を気にするし、それに合わせてセックスをすることを考える。つまり、その日を「特別な日にしたい」というのは、そういうことだ。その日にセックスして子供が授かれば、まさにその日は〈特別な日〉になる。

まあ、あり得そうな話ではある。

もし、彼女が流花を身ごもったのが本当に彼女の言うところの〈特別な日〉であったとするならば、その〈特別な日〉とは六月十九日なのではないか——あの日はサッカーの試合があったわけだから、おそらく土曜日だろう。となれば出産日から逆算した結果に最も近い日付ということで、十九日になる。流花が生まれたのが出産予定日と大きくずれていなかったとも記憶しているから、まず間違いない。

ふむ……。

僕はさらにカレンダーを遡った。その日が僕らの初めて会話した飲み会のあった日だと彼女が言ったことを検証するためである。一九九九年六月。あれ……。その年も六月十九日は土曜日じゃないか。おかしいな、土曜日に飲み会をやるわけないよな、会社は休みだから。普通は金曜日だろ……。

ということは、彼女が実際に身ごもったのは別の日ということなのか。あの頃、あの日以外にはセックスをしなかったというわけでもなかろうし——僕はなんだか自分が全くの的外れなことをやっているような気がしてきて、スマホをテーブルに置いた。

会議の最中に経理の杉山——数少ない僕の同期の生き残り——が発言した。

「なあ、篠原、そうだよな。俺らの年」

僕は顔を上げた。「え、なに？」実を言うと話を全然聞いていなかった。まったく興味のない議題だったからである。そもそも僕は顧客トラブルのために急遽外出してしまった部長の代理で出席しているだけの会議だ——とりあえず誰も出ないってわけにいかないからと頼まれて——特に報告義務もないヤツ。来年の新卒採用枠を増やすことの是非が議論されていることだけは認識している。

「ほらぁ、俺たちの年って新卒大量採用だっただろ。そいで各部署から講師担当が割り振られて順に俺らに業務について講習してくれたんだけど、講師の人たちはさ、平日は通常業務があるってんで土曜に講習をしたんだよ。それで俺たちは月曜が代休でさ」

「あれ、そんなことあったっけ？　全然覚えてないけど」

「何、言ってんだよ。お前のいるカスタマーサポートの人が講師した時とかもそうだったじゃないか」

「あ……、そうだったかも」

僕はそのことを思い出していた。講師が当時のチームリーダーの渡部（わたべ）さんで……。

「カスタマーサポート部は今でも平日に新人教育の講師をアサインすることは難しい

のかな」

人事部の桐山部長が僕を向いて尋ねた。

「いいえ、そんなことはないと思います。当時とは人員の数が全然違いますし、シフトもそれなりに余裕を見て組んでありますので」

僕は答えた。

「なるほど、となると問題は経理部くらいか」桐山部長は続けた。「経理関連は講師を外注するしかないな――」

僕はすぐにまた話から関心を失う。そんなことより僕は完全に自分の記憶が間違っていたことにショックを受けていた。

――そうだった。つまり当時の僕らが土曜日に飲み会をやることは普通にあり得たのだ。

数日前に調べた、彼女の〈特別な日〉の件を思い出していた。

――ということはやはりそれは六月十九日ということで間違いないのだろう。

僕はもう会議どころではなかった。手元のノートパソコンに目を落とし、日付を確認する。今日は六月十八日、月曜日。まさに明日がその〈特別な日〉である。

考えろ、考えろ、考えろ――何かが僕の中で焦燥感を訴えている。

それはどういうことなのか。

年月はもはやどうしようもなく過ぎ去っているが、僕は彼女との断絶を今、越えようとしているのではないか。当時の彼女の考えていたことが、今、完全に腑に落ちたのではないか。

――そうなんだ、確かに彼女はそれを望んでいたのだ。

二人の子供を作ること。

そしてそれは実現した。だが僕は彼女の望みを理解した上でことに臨んだわけではなく、子供を作ることにも特に同意していたわけではなかった。

それが彼女には不満だった。

そして流花を失ったことにより、すべてが、彼女が勝手に始めて勝手に終わったことになってしまったのだ、少なくとも彼女の中では。

だから彼女はもう僕と一緒にいられなくなった。自分だけが責任を取って、すべてを始末しようとしたのだ。だから自分は実家に引きこもり、遺骨を奪ってまで山下家の墓に入れ、流花にまつわることを僕の元に残さなかった。

彼女らしい、と僕は思う。

確かに彼女の考えそうなことだ。くそっ、なんですべてを僕と分かち合ってくれなかったのか――いや、僕が悪いのだ、僕が彼女をきちんと理解できていなかったのがいけないのだ。彼女はヒントを出してくれていたのに。

僕は彼女にこう言わなくてはならなかったのだ。

「わかった、よし、僕たちの子供を作ろう」と。

それは彼女からは言えないことだった、僕がそれを拒否することを恐れたから。それを拒否されたら、すべてが否定されたような気になることがわかっていたから。

そうだ、それが彼女なんだ。彼女の考え方なんだ。間違いない。僕にはわかる――今なら。

くそっ、あのときにそれがわかっていさえすれば。すべてを二人の合意のもとに進めていたのならば、彼女は流花の欠落をも僕ら二人で分かち合うことを選んだろう。

それも間違いなくわかる――。

思わず僕は机をドンと叩いた。予想外にその音が部屋中に響いた。

会議室の一同が一斉に僕のほうを向いた。やばっ……。

「あ、失礼しました。ペンを落としそうになって……」

慌てて僕は言い訳を口にした。

12

僕は夢を見ていた。自分が夢の中にいるという認識があった。

多くの人が行き交う空港のロビーのような場所にいた。長椅子がたくさん置かれていて、待合室のようでもある。ガラスの壁と、何基ものエレベータが周囲に並んでいる。

初めて来たようでもあり、よく知っている場所のようにも思える。

雑踏がいつの間にか消えていた。ただひとり、斜め前方の少し離れたところに中学生くらいの女の子が腰掛けている――どこかで見たような。その子が僕を見て微笑んだ。その瞬間に、それが誰だかわかった。

流花だ。

間違いなくそれは流花なのだ――事故がなければ今頃はちょうどこのくらいの姿形に成長していたに違いない。

次の瞬間、僕らは向かい合って座っている。

「お母さんが待ってるよ」

流花は言った。僕は返す。

「ん、どこでだい？」

返事がない。流花はただにこやかに僕を見ている。

「わたしはもう、いかなきゃ」

突然に流花は立ち上がって、僕に背を向けかけた。

「ちょっと待って。どこに行くの」

僕は少し慌ててそう言う。流花は半分だけ僕のほうを振り向いて、肘を九〇度に曲げた感じに天井のほうを指差した。そして足をエレベータの一基に向けて踏み出す。

「ねぇ、教えてくれ。僕――いや、お父さんと、お母さんは、やり直すことができるのだろうか」

走りかけた足を止め、流花は、立ち上がった僕のほうを振り向いた。

「大丈夫だよ。だって、わたしのお父さんとお母さんだもの」

流花は微笑んだ。

「完璧なわたしの、完璧なお父さんとお母さんだよ。うまくいかないわけがないわ」

でも、どうすれば――。

僕の次の質問を待つことなく、流花は走ってゆく。

雑踏が戻っている。僕はその中で行き場を失っている。

目が覚めた。夢の余韻のせいか、どことなく落ち着かない気分だった。

彼女のことを考えていたのでこんな夢を見たのだろう。彼女のいう〈特別な日〉。それが六月十九日だということはわかった。僕は彼女のことをようやく理解した。だがそれを確かめようにも、すべがない。彼女の実家に行って本人に確かめるのか。のこのこと行って今更会ってくれるのか。そもそも彼女が今でも実家に住んでいるとは限らない。むしろ彼女はすでに再婚してどこかで幸せに暮らしていると考えるべきだろう。なにせ十二年も経っているのだ。

――お母さんが待ってるよ。

夢の中の流花は言った。

――大丈夫だよ、わたしのお父さんとお母さんだもの。完璧なわたしの、完璧なお父さんとお母さんだよ。

本当にそうだろうか。夢でそれを見たということは僕自身が無意識のうちにそう考えているということなのだろうが、単なる願望でしかないように思える。

今日がまさにその六月十九日でもあるわけだが、だからといって僕に打つ手はない。いや、どうだろう。流花はなぜ自信たっぷりに大丈夫と言ったのだろうか、単なる夢でしかないとはいえ……。

僕は有給休暇を取った。会社には「急な私用につき、本日は休暇とさせていただきます」とメールを打った。昔は誰かが風邪で休んだりするとローテーションの調整が大変だったが、今はそんなことはなく、一人が欠けてもちゃんと業務は回るようになっている。まして今の僕は管理職でもある（いわゆるプレイングマネジャーというやつだが）ので、通常業務の割合は低くなっている。

普段着ではなく、いつも出社する時と同じスーツ姿になった。墓参りに行くつもりなのだ、山下家の墓、流花の眠る墓に。

自分でもどういうつもりなのかはよくわからなかった。

なにかヒントが得られるかもしれないと思った。

僕と彩香をつなぐ唯一確実なもの、それは流花しかない。

今朝見た夢のように流花と話したかった。そしてそれをするために墓の前に行ってみようと考えた。それは単に自分自身と対話すること以外の何物でもないのかもしれないが、それでもいいと思った。そこに行くことで自分の気持ちが整理できるのであれば、それをする価値はある。

いや、正直に言おう。彼女の、特別な日――。今日そこに行けば、彩香に会えるのじゃないかというわずかな期待がある。なぜだかはわからない。単なる思い込みかも知れない。だが最後に二人が触れ合ったあの流花の納骨の時に、言葉を交わさずとも彼女と僕の気持ちは通じ合ったのだと僕は信じている。その直感が、彼女が来ると訴えているのだ。おそらくそれは僕の勝手な願望に過ぎず、きっと彼女が来ることはないのだろう。けど逆に、もしこの日その場所で彼女と僕が再会できたのだとしたら、僕らはきっとやりなおすことができる――。

地下鉄を乗り継いで蔵前へ。駅から細い道をいくつか折れ曲がったところにその寺がある。どんなゆかりのある処なのかは知らない。由緒ある場所という雰囲気がある。途中で買い求めた花束を手に、寺の小さな門をくぐる。ここに僕が来る時は大抵、天気が良い。今回は梅雨の最中であるにもかかわらず昨日の雨が嘘のように晴れた。本堂の左手から奥にかけてが墓所になっている。僕はそちらに足を進める。墓場にしては緑が多い。とても雰囲気のいいところだ。ちょっと奥まったところに山下家の墓はある。わりかし大きく、古い。僕は墓の前に歩み寄り、花を手向けた。水をかけたり、線香を供えたりはしない。マナーには則していないだろうが、気持ちが備わってさえいればいいだろうと勝手に考えている。

片膝を立てる感じにしゃがみ、墓石を眺める。

流花のことを思う。もちろん夢に出てきた流花ではなく、実際のあの子のことを。僕らの完璧な天使。

目を閉じれば今でもあの子がよちよち歩きで公園の芝の上を歩く姿が目に浮かぶ。

でも、あの子は何も言ってくれない、僕を助けてくれるようなことは。

僕は顔を下に向ける。

左手で両のこめかみを摑むようにして目を覆った。

だがもう涙は出ない。

今は過去を悔やむ時ではないのだ。

なんとか彩香と僕を再び結び付けてほしい。

どうすればいいのか。

ヒントだけでも――。

「わたしはいつまでも赤ん坊じゃないのよ」夢に出てきたバージョンの流花が言った、僕の頭の中で。

確かに中学生の彼女のほうが話はしやすいが――。

「ほら、来るよ」

どれだけの間、僕がそこにそうしていたか。

背後で砂利を踏む音がして、僕は我に返り、顔を上げる。だが振り返って確かめはしない。

「ずいぶん長くかかったのね」

——懐かしい声。

そう言いながら彼女は僕の隣に来る。僕は少し右側に寄って彼女のために場所を空け、隣にしゃがんだその横顔を見る。懐かしい彩香の顔を。

「お線香をあげもしないで——」

僕は驚かなかった。むしろ、自分が全く意外に思っていないということに少しだけ驚いた。心のどこかではわかっていたのだ、この〈特別な日〉に、彼女がここに来るということを。

彼女は持っていた線香の束にマッチで器用に火をつける。

「とうとうあなたはこの日の意味がわかったんだ」

僕は返事をせず、墓のほうを見る。彼女が供えた線香の煙が立ち昇った。少し目にしみる。

彼女は手を合わせた。それを終えるのを待って僕は口を開く。

「待たせて悪かった」

彼女は小さく息をつく。

「あなたもそういうことが言えるようになったのね――年の功というヤツかな。あなたはいつも口では何も言わない。態度だけで示す人。それと表情で。でも、時には言葉にしなくてはいけないこともあるの、特に重要なことは。あなたが言葉にしてくれたのはプロポーズの時だけ。それもたったの一言」

「君だってそうだったじゃないか、言葉にしないという意味では」

「それは認める。私は自信がなかったの、自分の気持ちに。あなたに甘えていたんだわ。大事なことはあなたに決めて欲しかったのね、私の気持ちを汲んだうえで。だって私には本当の自分の気持ちがわからなかったんだもの。んー、いえ……、わかってなかったわけじゃない――」

「それを僕に受け入れてもらえるかどうかがわからなかったんだろ？　受け入れてもらえないかもしれないと思うと、君にはそれを口にできなかったんだ」

「そうか、そういうことなのかもしれない。自信がなかった、というのは、つまりはそういうことなのね」

彼女は立ち上がった。

「こんな格好してたら足が痺れちゃうわ。あっちで話しましょう」

僕も立ち上がろうとしたが、すでに足は完全に痺れていた。よろけてしまった僕の腕を彼女が摑んだ。

「いわんこっちゃない」

そう言って笑顔を見せる――なんと懐かしいその笑顔。つられるように僕も笑った。

彼女は先になって歩いた。僕はその後ろ姿を見る。僕の記憶にある彼女よりもひと回り小さく思えた。

本堂の近くまで来て、そこにある石のベンチに彼女は腰掛ける。僕は隣に座った。二人の間に微妙に距離が空く。彼女は顔を前に向けたまま話し始めた。

「でも悪かったのは、あなたではなく私のほう。口で言えば済むことを、どうしても言えなかった。それで理解してくれだなんて、とんでもないわがまま娘だわ」

彼女も歳を取ったのだな、と僕は思う。そのようなことを口にできるほどに。

「こんな日が来るとは思ってなかった。あなたが私を理解して、この日にここに来てくれるなんて。あなたは私の一番の理解者だったけど、それでもあの頃の私には足りなかった。もう誰にも私を理解するなんてことはできないんだ、と思ってた。でもそうじゃないってことを、今、あなたが証明してくれた」

「ずいぶん長くかかったけどな」

僕はさっきの彼女の言葉を引用した。彼女は微笑んだ。

「でも不思議じゃない、あなたなら。でも私だってあなたのことをずっと想ってた。

黙って新丸子のマンションに戻れば、あなたはきっと何事もなかったかのように私を受け入れてくれることはわかっていたし、何度もそうしたいと思った。でも、できなかった。あなたに合わせる顔がなかったというのもあるし、同じことを繰り返すのが怖かったというのもある。それになによりも私は自分を罰したかったんだと思う」

「ああ」僕は頷いた。

「だから理解してもらえるはずのなかった今日という日の意味を、あなたが理解するのを永遠に待ち続けるはずだったの、それが私の自分に対する罰。自分にかけた呪い」

彼女は腰をずらして僕にピタリと寄り添う形になった。

「それをあなたが打ち破ってくれた」

そう言って彼女は僕に顔を向けた。

「白馬の騎士の如く、だな」

彼女は笑った。

「もお、あなたも吐くセリフがすっかりオジサンね。昔のあなたなら、それは思うだけで口にはしなかったはずよ」

「君は間違いなく僕の一番の理解者だ」

彼女は笑いながら、首を傾け、僕の肩に寄りかからせた。そして、ふう、と息をつく。

「ねぇ、あなたは気付いてた？　私たちが最初にディズニーランドに行ったときの帰りの電車で、ちょうどこういうふうにして座ってたじゃない。覚えてる？」

「ああ、君はそうやって僕に寄りかかって寝てた」

「あのときの私はね、寝たフリをしてただけなの」

「え、だって……」僕は驚いた。あのときの僕らはまだ付き合っていなかったのに。

「あなたはまだまだ私に対する理解が足りないようね」

　本当にそうかもしれない、と僕が思った次の瞬間、彼女は両手で僕の顔を挟み込むようにして自分のほうに向けさせ、僕の唇にキスをした。だが、それは一瞬のことで、すぐに彼女は手を離し、再び体を前を向けた。

「流花が見てるかもしれないからね」

　冗談ぽく彼女は言った。彼女もそういう冗談が言えるんだ、と僕は感慨深く思った。

「見てたって構わないじゃないか」

　僕は言った。

「流花の夢を見たんだ。夢の中では彼女は中学生くらいになってた。僕は彼女に訊いた、彩香と僕はもう一度やり直すことができるだろうか、って。そしたら彼女はこう答えた。完璧なわたしの完璧なお父さんとお母さんだから大丈夫、と」

「へえ……」

彼女は再び僕の肩に頭をもたれかけた。

「本当に？　本当に私たちはやり直せるの？」

彼女の声は途中から震えるような感じになる。

僕は彼女の肩に腕を回す。

「そうだな、映画を見に行くところからかな。それともディズニーランド？」

ウフフ、と彼女は笑った。

「ダメ、そんなのじゃ。あなたはもっとうわずった声で私を誘うの。『よ、よかったら映画でも見に行かないか』ってね」


一瞬、冷たい風が僕の髪を撫で、そのせいで僕は突如として現実に引き戻された。

彼女との再会を想像、いや、妄想しているうちに、すっかりそれに引き込まれてしまっていたのだった。いつの間にやら僕は、本堂脇の石のベンチのところまで戻ってきていて、そこに腰掛けていた。

現実がその冷酷さをもって脳内から急速に幻想の残り香を追い払っていった。

激しい疲労を感じた。

僕は独りだった。あらゆる意味で。

あぁ、とため息交じりの声が口から漏れた。

横に倒れ込むように僕はベンチに寝転んだ。それから体をひねって仰向けになった。右腕を額に当てて目を半分覆うようにした。梅雨の合間の晴天の空はあまりにも眩しい。

じりじりと腕が太陽に熱せられていく。

わずかな視界の中を蝶が飛んでいるのが見えた。あれはなんという蝶か。黒っぽいアゲハチョウの一種。

再び流花のことを想う。

――流花、ほんとうにお父さんとお母さんはやり直すことができるのかい？

答えはない。

もはや手詰まりだった。

いっそこのまま世界から消えてしまいたかった。慈悲深い神がいたとしたら、さっきの幸せな妄想の最中に僕の命を奪ってくれたろう――脳卒中かなんかで。

僕は寝転んだままのポーズで神だか仏だかを待ってみた。

ただ時間が経過していくばかりだった。起き上がろうにも体に力は入らなかった。

彩香……。

少し、風が吹いた。熱せられた僕の頬を冷ますように。

それから、小さく砂利を踏みしめる音――誰かが僕のそばまで来て、立ち止まる気配がした。

　僕は目を開けた。

「なんであなたがここに来てるの」

それは彩香だった――僕の妄想ではない、本物の。

年を取っていた。いや、あるいは僕よりもずっと若く見えるかもしれないが、それでも二人の離れていた歳月を感じずにはいられない程度には。

その飾り気のない服装も年相応な印象を与えるものだった。

僕の心臓は激しく鼓動を打ち始めた。ガバッと体を起こしてベンチに座る形になったものの、言葉はすぐに出てこない。

「私が今日ここに来ると、お母さんに聞いたの？」

そう問う彼女の顔に笑みはない。むしろ僕を詰問するかのような表情だ。

「いや、そんなことはしていない」

「だったら、なんで――」

「今日は僕らの〈特別な日〉じゃないのかい？　君はかつてそう言ったじゃないか、未来の僕らから見たときに、今日という日を特別な日にしたい、って」

　一気にそう喋った。

それを聞いて彼女はようやく得心した顔つきになった。「ああ、そういうこと……」

彼女は視線を逸らし、髪の毛を耳にかけ直す仕草をした。どうしようかな、とわずかに迷いを示す表情になる。

それから彼女は、一人分のスペースを置いて、僕の隣に腰掛けた。ちょうどその距離感が、かつて流花を挟んで三人で公園のベンチに腰掛けた時のそれを僕に思い起こさせた。

「今日はね、姉の誕生日なの。それでお墓参りに来たわけ」

意外なことを彼女は話し始めた。僕は返す言葉を思いつかない。

「そうよね、確かに私はそんなことを言ったわよね――。今日を特別な日にしたい。この日に子供を身籠ることができれば、この日を別な意味に上書きすることができる。姉の誕生日よりももっと私にとって重要な意味で」

そういうことだったのか――。

「そして君はそれに成功したじゃないか」

内心の驚きを隠し、僕はできるだけ落ち着いた声でそう口を挟んだ。

彼女は空を見上げた。

「……それがそもそもの間違いだったの。そんなことをしちゃいけなかった。姉の呪縛から逃れようだなんて。私は生まれた時からその呪縛の中にいたのに」

次に彼女は足元に視線を落とす。紐の黒いサンダルがその足先にあった。

「あなたには悪いことをしたと思ってる。私はずっと姉の影から逃れるためにあなたを利用していた。あと一歩でそれは完成するはずだった――。でもダメだった。私は最悪な形で罰をくらった、あなたと、そして流花まで巻き込む形で」

僕は彼女の横顔に目を向けた。その表情からは何も読み取れない。

「君は自ら不幸を選んでいるんだ。お姉さんはもういない。あるのは君の心だけだ」

僕のそのセリフに彼女は少し苛立ったような口調になる。

「それのどこが違うと言うの。そうよ、すべての原因は私の心の中だけにある。でも私にはどうしようもない。それが私だもの」

冷静さを失わないようにしつつ僕は返す。

「いや違う。君はお姉さんに同情しているだけ。つまり、お姉さんの不幸に同調しているだけだ――。お姉さんが他ならぬ君の不幸を願うと言うのか？　違うだろ？　妹想いのお姉さんだったと君は言っていた」

彼女が下唇を噛む様子が僕の目に映った。僕は軽く腰を上げ、隣に座る彼女のほうに斜めに体を向けた。僕の膝が彼女の腿に触れそうなほどに近づく。

「もう十分君はお姉さんのことを弔った。そして流花のことも。これからは君自身の幸福を掴むべきだ」

彼女は俯く。耳にかけていた髪が垂れて、彼女の表情を隠した。

「あなたに何がわかるというの……」

　消え入りそうな声。

「わかる。だから今日、僕はここに来た。今日がお姉さんの誕生日だとは知らなかったけど、君にとって重要な意味のある日だとは理解できたんだ――。これまでずっと、僕は君を想い続け、理解しようとし続けた」

　顔は隠れて見えないながらも、その態度から僕の言葉が彼女の心の奥底に届いたことが感じられた。僕は続ける。

「たしかにあの頃の僕は自分が思っていたほど君のことが理解できていなかった。理解できていると思い込んでいただけで、実のところは理解しようとも思ってなかったのかも知れない。君が去ったことは僕を混乱に陥れただけだった。君のことが理解できてないことを思い知ったのは、そう、離婚届をお義父さんに書かされた後だったかな」

　彼女は黙っている。僕は淡々と続けた。

「時間はかかったけど、今の僕にはあの頃の君が考えていたことがよくわかる。君は流花を生んだことも流花を亡くしたことも全て自分一人の責任だと考えた。だから遺骨を僕から奪ってここに葬らせたんだ。そう、あの当時はなぜ君がそんなことをしたのか、なぜ君が僕の元から去ったのか、わからなかった。だけど今はわかる」

　彼女の肩が小刻みに揺れ始めた。

「そして僕はこれからも君のことを理解する。世界のどこを探しても僕より君を理解できる者はいない」

彼女は顔を上げた。その表情は歪み、涙がボロボロと頬を伝った。そう、それで僕は、自分の想いが完全に彼女に伝わったことを理解したんだ——。

僕は両腕を差し出した。

彼女の体が揺らいだ。

そしてそのまま、ゆっくりと僕のほうへ倒れ込むかのように。

彼女の髪が僕の頬にふれる。その腕が僕の背にまわされる。

その体の重みを感じた瞬間、全身に痺れるような感覚が駆け巡った。

僕は彼女の体をしっかりと受け止めた。

彼女のその髪をそっと撫でた。実に何年ぶりなのだろう。泣く彼女をなだめる、僕にとっては慣れ親しんだ感覚——。

しばらく僕らはそのままでいた。泣き続けていた彼女の体がようやく落ち着きを示してくる。

「僕らは一からやり直すんだ。ここが新しい君と僕のスタート地点だ」

「私にはそんな資格がない」

「資格は誰にもない。幸せは自ら摑むものだろう？　そのための努力をする権利は誰にでもある。君にそのチャンスを与えることができるのは君自身だけだ。そして僕は僕の努力をした結果として、今ここで君を抱きしめている。二度と君を離したくない。いや、離さない。新しい人生を君と共に歩みたいんだ」

彼女が再び泣き始めた感触があった。だがすぐに彼女は体を起こしたかと思うと、ベンチから腰をあげた。そして僕の正面に立って、まっすぐに僕の目を見た。その眼差しに僕は、懐かしい、かつてのままの彼女を見た。

彼女は小さく、だがしっかりと、頷いた。その表情は語っていた——わかった、私もあなたと共に人生をやり直す——と。

僕もその場に立ち上がった。彼女に頷き返してみせる。

彼女は強く僕の体に抱きついてきた。

言葉はもう不要だった。彼女もまた僕のことをずっと愛してくれていたのだ、ということがその態度から伝わってきた。

それに応えるように僕も彼女を強く抱きしめた。

そのまま時が過ぎた。心地よい風が僕らの髪を撫でるように吹いていた。

しばらくしてようやく僕らは抱擁を解いた。十数年もの間、二人が離れ離れになっていたことが僕にはすでに信じられなくなっていた。

僕らは一瞬で時間を超えた。

彼女は僕の手のひらの感触を懐かしむように、少しの間、握り合った手の指を動かしていたが、やがて口を開いた。

「で、どうしようか？　私たちの新たな人生の最初の一歩としては」

早くも昔を思わせる口調になって、彼女はそう訊いてきた――その目にはまだ泣いた後の充血があったけども。

「今からデートしよう。そうだなあ、ディズニーランドからやり直す？」

彼女は僕の手を離した。

「同じことを繰り返すつもりなの？　私はね、どうせなら、今まで行ったことがない処に行ってみたいな」

「行ったことのない場所――それは難問だな」

「そうね――」彼女は少し考える表情になる。「スカイツリーとか」

「ああ、確かに僕もそこには行ったことはない」

そう返しつつも僕は、その展望台からの風景を想像して、一瞬、足がすくむような感覚を覚えた。よりによってそんな高い所へ何故、と思わなくもなかったが、この際、否定的なことは口にしたくない。

彼女が、それでどう？　という顔つきで首を傾げた。

「よし、行ってみよう。たぶんここからならそんなに遠くもないだろ」

僕は彼女の肩を抱くようにして、歩き始めようとした。そのとき、彼女はベンチのほうを振り返ったので、僕もつられてそちらに目を向けた。

そこに花束が置かれていた。彼女が持っていたものだ、墓に手向けるために。そう、彼女はまだ墓参りを済ませていなかった。

花に蝶が留まっていた。さっき見た黒のアゲハのようだ。その羽を軽く羽ばたかせるようにしながらも花束から離れないでいる。

僕は彼女に向き直った。墓参りを済ますかい？　と態度で問う。

彼女は花束に目を向けたまま、ゆっくりと首を振った。その表情は微かに笑みをたたえていて、とても美しかった。

彼女もまた長い時間をかけて自らの欠落を埋めてきたのだという歴史を、僕はその横顔に見た気がした。決してさっきの僕の言葉だけに動かされて彼女は心を変えたのではない、もうすでに彼女の内側でも準備はできていたのだ。僕との再会は彼女にとってほんの最後のひと押しに過ぎなかったのだろう。

再び僕は彼女の手を握った。彼女もその手を強く握り返してきた。そして僕の目を見て頷いた。

砂利の小道を僕らは歩き始めた。もう後ろを振り返ることはなかった。

了

著者プロフィール

唯冬 和比郎（いとう かずひろ）

春日部市うまれ、大宮市そだち、川崎市在住。
早稲田大学第一文学部卒。

そしてこの心地よい風に吹かれ続けて

2023年10月15日　初版第１刷発行

著　者　唯冬 和比郎
発行者　瓜谷 綱延
発行所　株式会社文芸社
〒160-0022　東京都新宿区新宿１－10－１
電話　03-5369-3060（代表）
03-5369-2299（販売）

印刷所　株式会社暁印刷

ISBN978-4-286-24591-1